『サイロンの光と影』

王妃宮に一歩足を踏み入れたとたん、そこは、いかに夜とはいえ、
異様なくらいに暗い――（161ページ参照）

ハヤカワ文庫JA
〈JA927〉

グイン・サーガ⑿1

サイロンの光と影

栗本　薫

早川書房
6305

A FOUL FLOWER

by

Kaoru Kurimoto

2008

カバー／口絵／挿絵

丹野　忍

目次

すべてのものごとには光と影がある。
光のあるところに影が生じ、影なきところには光は存在出来ぬ。
なれば、事象が巨大であるほどに、光が大きいほどにその影はいっそう
大きく、ひとが偉大であるほどに、その苦しみはいっそう増すものである。
これは、ヤヌスがその双面により、告げられた光陰の真理である。

ヤヌス教聖典「真理の書」より

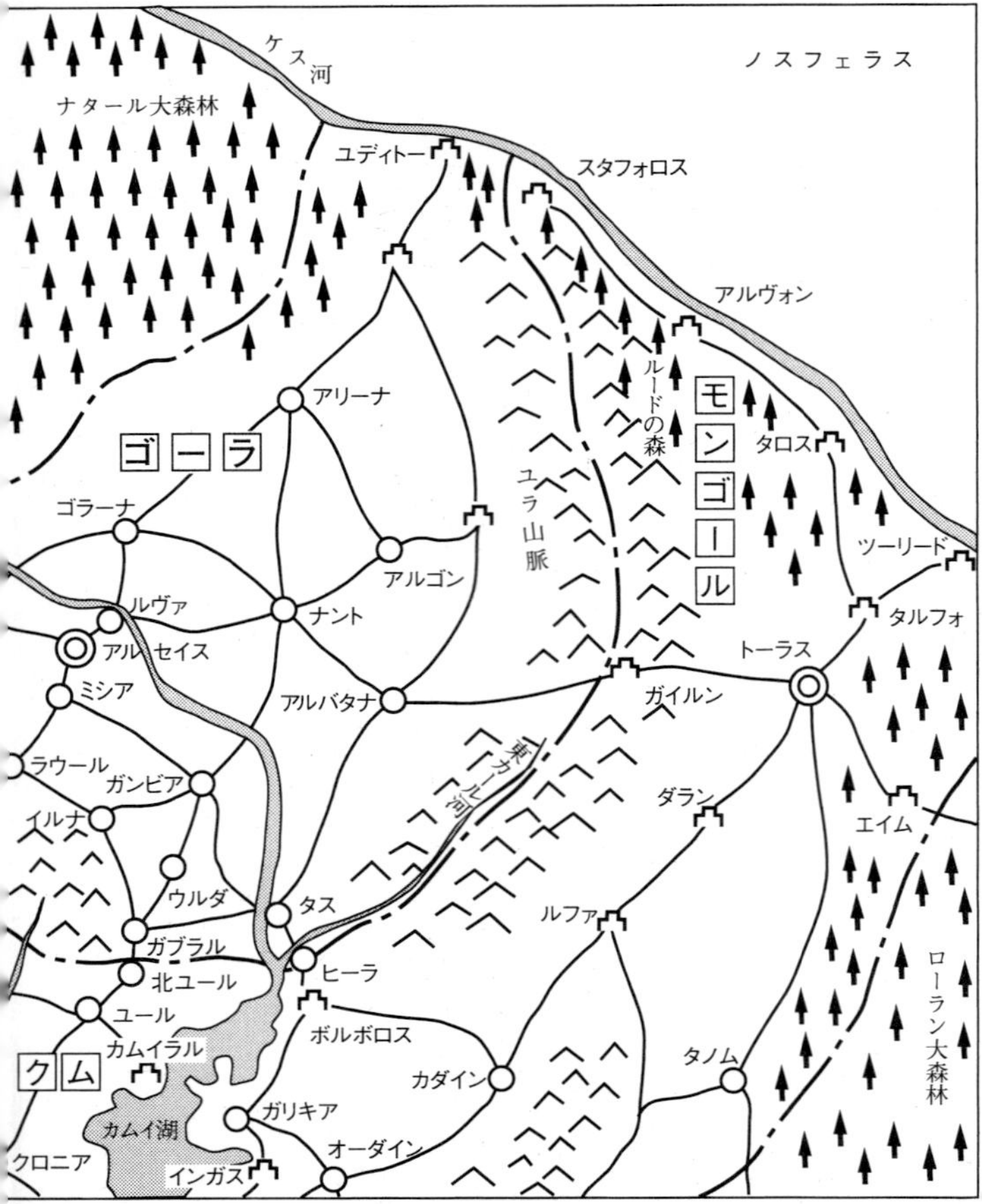

ケス河
ノスフェラス
ナタール大森林
ユディトー
スタフォロス
アルヴォン
アリーナ
ゴーラ
ルードの森
モンゴール
タロス
ユラ山脈
ゴラーナ
アルゴン
ツーリード
ルヴァ
ナント
タルフォ
アルセイス
トーラス
ミシア
アルバタナ
ガイルン
東カール河
ラウール
ガンビア
ダラン
エイム
イルナ
ウルダ
タス
ルファ
ガブラル
ヒーラ
ローラン大森林
北ユール
ユール
ボルボロス
カムイラル
クム
タノム
カダイン
ガリキア
カムイ湖
オーダイン
クロニア
インガス

〔中原拡大図〕

ナタール川
ローデス城
ララム
ローデス
ブレ
ナタール大森林
ナタリ湖
下ナタール川
ミラニウム
ランゴバルド
ランゴバルド城
カール河
サイロン
マルーナ
マイン
ケイロニア
モー
ナタリア湖
ランゴバルド
サラス城
ケイロン城
ブラン
エルザイム
マリナン
サンガラ山地
バルヴィナ
サルデス
ヤーラン
ササイドン城
アレイエ
ガザ
サルデス
タヴァン
ヘイエルバード
オーロック城
マイラス
ダーハン
アトキア
ファイラ
アトキア
リーラ川
イレーン
ワルスタット
ファイ湖
ワルスタット
サルドス
クーニア湖

〔サイロン〕

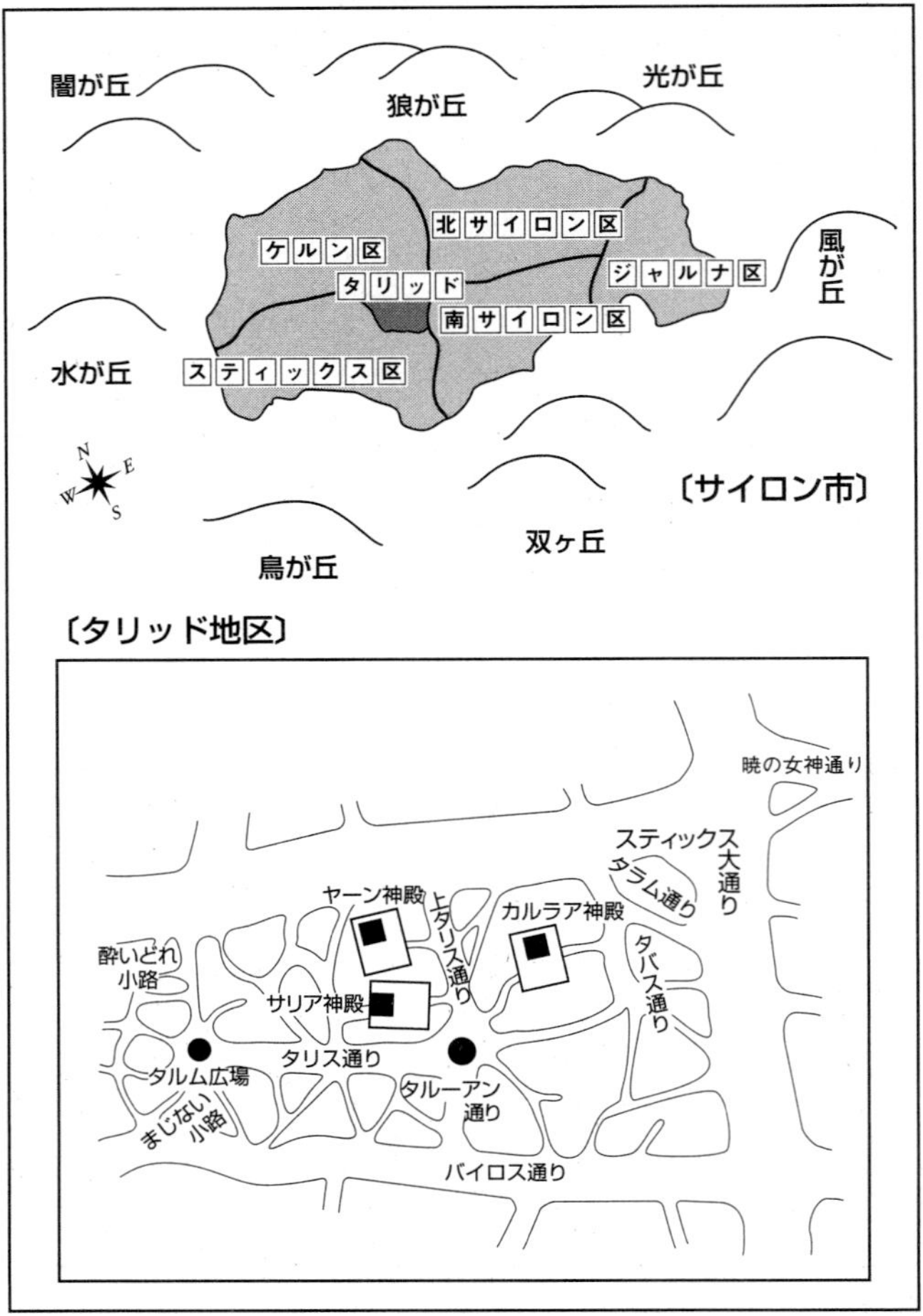

闇が丘
狼が丘
光が丘
北サイロン区
ケルン区
タリッド
ジャルナ区
風が丘
南サイロン区
水が丘
スティックス区
N
E
W
S
〔サイロン市〕
双ヶ丘
鳥が丘
〔タリッド地区〕
暁の女神通り
スティックス大通り
タラム通り
ヤーン神殿
上タリス通り
カルラア神殿
酔いどれ小路
タバス通り
サリア神殿
タリス通り
タルム広場
タルーアン通り
まじない小路
バイロス通り

サイロンの光と影

登場人物

グイン……………………………ケイロニア王
マリウス…………………………吟遊詩人
ヴァレリウス……………………パロ宰相。上級魔道師
リンダ……………………………パロ聖女王
ガウス……………………………《竜の歯部隊》隊長。准将
ゼノン……………………………ケイロニアの金犬将軍
ディモス…………………………ケイロニアのワルスタット選帝侯
トール……………………………ケイロニア黒竜騎士団将軍
ハゾス……………………………ケイロニアの宰相。ランゴバルド選帝侯
シルヴィア………………………ケイロニアの皇女。グインの妻
クララ……………………………シルヴィア付きの女官
パリス……………………………シルヴィア付きの下男
カストール………………………ケイロニアの宮廷医師長
アキレウス………………………ケイロニア第六十四代皇帝

第一話　帰国

1

　かくて、また、時は流れ、ひとはうつろい、ものごとは過ぎてゆきつつあった。

　別れの宴が持たれ、そしてヴァレリウスがヨナとひそかにミロク教徒についてのかなり不安な話し合いをしたその夜がすぎて、たちまちに、それははやグイン王とそれを迎えにきたケイロニア宰相ほかの一行が、故国ケイロニアにむかって発ってゆかねばならぬ日であった。

「行ってしまうのね、グイン——寂しくなるわ。本当に——寂しくなってしまう。クリスタル宮廷はまた、火が消えたようになってしまうわ」

　リンダはもう、いまさらそのくりごとを繰り返すことにいささか気がとがめながらも、それでもやはり、グインの巨大な手を握って涙を流さずにはいられなかった。

「今度はいつ会えるのでしょう——ああ、本当に、今度はいつあなたに会えるのかしら。

ハゾスさまは私に、こんどはサイロンにくるようにと御親切にもすすめてくださったけれど、やっぱり、いまのパロの状態を考えてみれば、なかなかそうして女王である私がケイロニアまで旅しているゆとりなどはもてそうもないわ、いろいろな意味で。——もし、私がそうできる日がきたとしたら、それは本当に、やっとパロに平和と復興があるていどなしとげられた、ということで、とても素晴しいことだろうと思うのだけれど……」

「このたびは、本当に世話になった」

グインは重々しく、女王のきゃしゃな白い手を握って云った。

「なんだかひどくふしぎななりゆきで——いまだに俺はなんとなく狐につままれたような気分でいる。だが、そのことで、あなたに再会出来たのだと思うと、そのめぐりあわせもなかなかに悪くはなかったといえる。ともあれ、アキレウス陛下のご容態がかんばしくない、ということさえなければ、もうちょっとゆっくり滞在していたいものであったが、もう、一刻も早くサイロンに戻らねばならぬ。——すまぬことだが」

「いいえ、本当は私、みんなわかっていて、ただそれで子供のようにだだをこねているだけなのよ」

リンダは悲しそうに云った。

「グイン、この馬車はいわば私からのおせんべつとして、特別に仕立てさせたものなの。

どうかこれをケイロニアまでの旅に使って頂戴。あなたはやっぱり、馬でゆくには少し——少なくともパロの馬ではちょっと大きすぎるわ。それになんといってもあなたはケイロニア王なのだから。この馬車が、あなたを無事サイロンまで運んでくれるよう、祈っているわ」

それはたいそう美しい立派な馬車で、グインほどの大きさのある人物でも、何の問題もなく、そのなかで多少はゆっくりと手足をのばして休めるほどにゆったりとしつらえてあった。そのかわり、この馬車は六頭立てでひかなくてはならなかった——もしかなり長時間の旅行を続けたり、早い速度ですすませようとすればである。そうでなければ四頭立てで間に合っただろうが、どちらにせよ、ケイロニアの使節団は立派な、ケイロニア名物ともいえるアンテーヌ馬を沢山、騎士団とともに替え馬として連れてきていたので、馬に不自由することはなかった。

「ディーンにはもう会ったの？」

この出立の朝も、グインの義兄——あるいはかつての義兄はすがたをあらわしていなかったので、リンダは心配してきいた。グインはうなづいた。

「自分はまだ当分、人前に顔を出さないほうが——ことにケイロニアの人々の前にはあらわれないほうがよろしかろうから、というこころづかいで、今朝、一番でマリウスのほうから俺に別れを告げにたずねてくれた。マリウスは、当分パロ宮廷にとどまって、パロが復興をなしとげてからおのれの身の処し方を、本当にしたいようにしてよいものかどうか考える、というように考え方をかえたようだな」

「そのようね。私はまだ直接ディーンとお話はしていないのだけれど、ディーンがそういっている、というのはヴァレリウスから聞いたわ。でもまだ、王太子として正式に立太子式をおこなうことをうべなっていただけるかどうかはわからないのだけれど」

「そのためにはまだ当分、さまざまな難関をこえてゆくことが必要になりそうだな」

グインは一瞬、いささかな感慨にとらわれて云った。

「あれも、ふしぎな運命にとらえられた男だ。あれがひとえにパロの王家の血をひいてさえいなければ、おそらくは、あのように生きていったところで、何の問題も生じることはなかっただろうにな。あるいはあやつの兄上が健在であられるか——それとも、あいつが恋に落ちた相手がアキレウス大帝の息女でさえなかったら——だが、ヤーンの運命の不思議は、ありとあらゆる局面で、マリウスに、彼がそうでありたくないようにばかりものごとを運んでいったようだ。それを思うと、さすがに俺も多少気の毒に思わざるを得ない。さぞかし、このようなことのはこび、成り行きのすべてが、彼にとっては運命のとてつもない不条理続きだと感じられていることだろうからな」

「そのような不条理は、でも、ディーンに限ったことではないわ」

一瞬、いささかむっとして——その相手はグインではなかったが——リンダは云った。

「私だって、そんなことをいったら、最愛の夫に先立たれたくなどなかったし――そのような不幸さえなければ、なりたくもないパロの女王になど、ならなくてもすんだのだわ。それに、そもそも――そうよ、お父様とお母様が黒竜戦役でモンゴールの奇襲でいのちを落とされなければ――レムスが、あのようなことにならなければ――そうでしょう、そんな、もしこうでなければ、などという話は、誰にとったって、何の役にもたちはしないわ。――私、彼の、ヨウィスの民的な資質を否応なしに、生まれゆえにたえず矯められてしまわなくてはならぬという運命には同情はするけれども、でも私だって、本当はこうであれたらよかったのに、という思いはいくらでもないわけではないわ。だから、どうしても、彼だけがヤーンの不条理を一身に背負っているように彼が考えるのだけは、認めることが出来ないわ」

「それは当然のことだ。まして、彼は男で――その意味では、王家の男子としての責任ははるかに重いだろうからな」

グインは認めた。

「だが、お前は、かよわい女性の身として、本当によく頑張っている。だからこそ、それを認めて彼も、いますぐにまた出奔したい、というような考えを捨てることになったのだろう。――とりあえず、彼がいるといないとでは、王家に男子がいるかいないかというきわめて重大な違いになる。それだけでも、俺は彼の決心については、褒めてやりたい思いだ」

「あなたは、いつだって、あのひとに対しては寛大で優しかったわ。もちろん、ほかのひとにそうじゃないということを、ほのめかしたいわけじゃあないけれど」

リンダはまだいささか気分を直していなかったので、ちょっと唇をとがらせた。だが、すぐに気をとりなおした。

「ああ、でもそんなことを云っているのはやめましょう。これはもう、厳粛な別れのときなのだから。おお、とうとう、今度の滞在のあいだには、レムスには会ってやっていただけなかったのね」

「ああ」

それについては、グインは、ごく短く、そう答えただけだった。

実際には、レムスに会ってほしい、という要請は貰っていないわけではなかったのだが、ただちにサイロンに発たなくてはならぬことや、またヨナ博士の《治療》をその前になるべく多くすませておかなくてはならぬこと、を口実にして、グインは、そのさりげないリンダの要請をあとまわしにする、というかたちでしりぞけてしまったのだった。それにはいささかのわけがないでもなかった——グインの記憶は、奇妙なふうにまだらに修正されてしまっており、おのれでもそのことは気が付いていた——それは、ヨナや、ほかのものたちと話をしていれば、いやでも気付かざるを得なかったのだ。

そして、そのなかで、もっともグインのひそかな不安を誘ってやまぬ部分は「《古代機械》とやらのなかで、本当は何が起こったのであったのか」ということであった。それは、グインにしてみれば、明瞭に、グイン自身がずっと探究しつづけている、「グイン自身の秘密」への手がかりがひそんでいることであったとしか思われなかった。

そして、それにはレムス王が関係していること――レムスの、あやしい妖怪じみた王子が関係していることも明らかであったが、この話は、ヨナにどのように話されても、グインには、なかなか得心がゆかなかった。また、ヨナも、何をどこまで話してよいか、という点については、ヴァレリウスと相談しながらであったので、自分の見聞きしたものをそのまま全部語ったわけでもなかった。

その上にまあ時間もなかった――そのようなわけで、グインにしてみれば、一応すべては論理的に説明されたようでもあったが、それでいて、よく考えるとあちこちが妙に納得のゆかぬ、奇々怪々な色合いを帯びてい、そして、「そんなことが本当にあるものだろうか！」という、奇妙な不安な疑惑を感じないわけにはゆかなかったのだ。

グインは、それについては、ひとつひとつ細かに追求をはじめたら、おそらくまったく時間が足りないばかりか、おのれ自身の頭のなかも、収拾のつかぬ恐慌状態になるのではないか、ということをうすうす感じていた。それは、かつて、古代機械によって《修正》されてしまう前のグインが、マリウスだの、いろいろなものたちに聞かされる

「豹頭王グイン」の事績について、「いったい、ただひとりの人間が、そんなにも短時間に、そんなにも沢山のあまりにもおどろくべき冒険をなしとげるなどということがあるものだろうか！」という、めまいにも似た当惑を感じざるを得なかったのと、ある意味ではよく似た当惑であった。それほどに、ヨナの語る、パロ内乱の本当の終末の様相というのは信じがたいものでもあれば、奇想天外でもあったし、またヨナ自身が見聞きした部分についてを中心にしたものであったので必ずしもすべてが論理的に説明できる、というわけでもなかった。たとえば、ヨナは、当然グインがノスフェラスに飛ばされてから、こうしてパロに戻ってくるまでのあいだの出来事については、まったく説明することが出来ようはずもなかった！

だが、そちらのほうはまだ、グインを悩まさなかった。ヴァレリウスはグインにとにかくスーティのことも、ブランのことも思い出して欲しくなかったので、グインがその行方不明のあいだ、どこで何をしていたかはかいもく見当がつかぬ、というふりを押し通していた。むろんマリウスとグインが会ってしまえばあっという間もなく真実が――少なくともマリウスの知っているかぎりのことがグインに伝わってしまっただろうが、それもヴァレリウスの手で、マリウスとグインが面会することは、このさいごのさいごの瞬間、ほとんど互いに別れを告げるための時間しかない今朝まで注意ぶかく避けられていたのだ。マリウスに口止めするのは無駄というより、無謀というものであった。マリウスは、まず、ヴァレリウスが口止めしたとしたら、まっさきに「ヴァレリウスが口止めした」ということについて大騒ぎで喋りたててしまいそうであった。だがそんなわけで、グインはマリウスの口から、タイス滞在の詳細や、むろんそれ以前の、マリウスしか知らぬはずの——むろんそのときどきの同伴者は部分的に知っていたにせよだ——さまざまな冒険についてきく機会はまったくなかったのだ。

しかしレムスについては別であった。古代機械のこともグインは——というよりも古代機械については特に古代機械そのものが念入りにグインの記憶を《消去》したのが明らかで、グインは《最終マスター》のことも、それからヨナがグインに告げた古代機械の《パスワード》のこともすべて忘れ去っていた——それについても、ヨナは、それを決してグインに口にしないようにと、ヴァレリウスから特に厳重な注意を受けていた。ヴァレリウスは、何があろうとも、また古代機械を甦らせて、パロに古代機械目当ての黒魔道師たちを招き寄せるような機会を作ることを避けたかったのだ——それで、古代機械については、グインはヨナのいささか簡略な説明をきいただけであったが、それでは当然、グインがそれをうさんくさいと思わぬわけもなかったし、また、その古代機械がらみの、レムスとその《息子》をめぐる奇々怪々なエピソードを、眉唾だと思わぬわけもなかった。

レムスはまだ、とうていひとに会えるような状態ではないから、ということで、ヴァレリウスはレムスとグインの対面をしりぞけておこうとした――それを要請していたのは、リンダであったということも云っておかなくてはならない――だが、グイン自身も、そういうわけで、レムスに会って、またしてもいまのあやふやなおのれの記憶が揺さぶられることをあまり望んではいなかった。そうでなくとも、グインの心身はありあまるほどの衝撃と動揺にひっきりなしにさらされており、ヨナの話してきかせるあまりにも膨大な『事実』を消化するのも辛うじてであったのだ。

そのようなわけで、だが、グインはマリウスとは、やっとその出発の朝に涙ながらの別れを告げる時間を与えられたにすぎなかった――もっとも涙ながらであったのはマリウスだけで、グインは、別れにさいしても、涙ながらになる習慣は持ち合わせていなかったのだが。

「サイロンに帰るんだね、グイン」

マリウスは、ごく短いあいだで、とヴァレリウスから釘を差されて通された、グインの居間で、グインの手をとって、いまリンダがしているように別れを惜しんだ。

「僕は、しょうことなしにクリスタルに残ることに決めたよ、グイン。本当はそうしたいわけじゃない――でも、やっぱり、あれこれ考えて――いろいろ考えてみた結果、やっぱり、いまリンダを置いて自分の好きなように旅に出てしまうというのは、あまりにも、兄の妻であったひとに対しても不誠実すぎる所業かもしれないと思ったものだからね。――といっても決して僕はまだ、パロ王家のさいごの男子としての責任なんか認めて受け入れたというわけじゃない。むしろ、いまのほうがずっと僕はそれに抵抗したいという気持は強い。――だけど、本当に、いま僕が出ていってしまったら、リンダは、パロはどうなるんだろう、という気持が、少しだけ芽生えてきたようなんだ。――言い訳じゃないけれど、それに比べると、サイロンに残してきたぼくの妻子は、リンダがぼくの助力を必要としているほど、ぼくを必要としているようには思えない。かれらには、偉大なおじいさまもいるし――それに、ぼくはあの宮廷では所詮よそものの、あとから入り込んだ邪魔者にしかすぎなかったんだ」

「そんなことはない――」

グインは否定しようとしたが、マリウスはちょっとたかぶって手を振り回して、グインの否定をうけつけなかった。

「悪いけれどね、グイン、これだけは、断固として云わせてもらうよ。それは、決してグインにはわからないことなんだと思うから！――ぼくは、あちこちの宮廷で、といってもパロとサイロンだけだけれども、長いあいだ、邪魔者として扱われるのに馴れていた。いや、馴れていたわけじゃない。イヤだったよ。だからこそ出ていったんだ。だけれども、そもそもサイロン宮廷については、ぼくが入り込んだことそのものが間違っていたんだ。それはもう、あそこに連れてゆかれたいきさつは、ある意味やむを得ないものではあったけれども、ぼくにしてみれば、タヴィアがもしもアキレウス帝の息女オクタヴィア姫である、と最初からわかっていたら決して恋になんか落ちなかったさ、と云いたいし、それにそもそも、ぼくは、彼女がサイロンをあとにしてぼくとともに旅に出てくれたからこそ彼女を妻にする気になったんだ。だけど、彼女はやっぱりサイロン宮廷に、マリニアもろとも戻っていってしまった。これはぼくにしてみれば裏切りで……」

「そろそろ、出発のお時間が迫っておりますが、殿下」

さりげなく、隣室で《遠耳術》で、本当に危険なことになりそうかどうか、耳をかたむけていたヴァレリウスが、ドアをノックして、なにごともなかったかのように告げた。その話自体は完全にグインの記憶のなかにある話であったから、べつだん問題はなかったが、ただ、このまま放っておくとどの方向へ暴走しはじめるか、わかったものではない、という気がしたのであった。事実、マリウスの話であってみれば、どこへ暴走してゆくおそれも充分にあった。

「もう、いってしまうんだね」

だが、それで、たちまちマリウスの気まぐれな心は目の前に迫った別れに占められてしまった。マリウスはまた目を涙で一杯にして——確かに、マリウスにはどのような批判があっても、情愛が薄い、という批判だけはあてはまりそうもなかった——グインの手をまた握りしめた。

「今度はいつ会えるんだろう！　元気でね、そして、たまにはぼくのことを思い出してくれるね。でも、ぼくはあまり心配しないよ。いつかまたきっとグインと長い旅をするときがきそうな気がしている。ぼくはリンダみたいに予言者じゃあないけど、でもグインとぼくの結びつき、というのは、何か特別なものがあるんだってことを、とても強く感じているんだ。これだけくりかえしくりかえし出会い——そして、さまざまな冒険をともにし——長い旅をともにし——ねえ、グイン、ぼくがタヴィアと正式に別れてしまったら、ぼくとグインは義兄弟ではなくなってしまうのかな。妻どうしが腹違いの姉妹だ、という絆がなくなってしまっても、グインはぼくのことを自分の兄弟だ、と思ってくれるかい」

「むろんだ。まあ、どう考えても、兄だ、という気持にはなれんのだがな」

グインは苦笑いした。

「だが、つねに、お前のことは気にかけている、マリウス。そして本当はお前のしたいようにさせてやれたらいいと思うが、一方では、リンダのそばについていてやっていてほしいとも思う。——いまのリンダは本当に可哀想な状況にあると思うのでな。俺も、本当をいうなら、ケイロニアの事情がゆるせばもうちょっと滞在して、リンダをはげましていてやりたかったと思うほどだ。だが、事情はどうやら俺を許さぬ。俺はサイロンに戻るが、お前のいうとおりまたいつか会うこともあろう。それまで、元気で暮らしてくれ。マリウス」

「さいごに、グインを抱きしめてもいいかな」

マリウスは涙ぐみながら云った。そして、返事もまたずに、たくましいグインの巨大なからだに抱きついた。抱きしめる、というよりも、カシの木に抱きつく、といったほうがふさわしいような格好ではあったが。

「ほんとに、元気でね、でもきっとグインはいつでもサイロンにたずねてゆきさえすれば会えるんだと思うと、ぼくはそれがとても心丈夫な気がするよ。では、さよなら、グイン。またいつか会える日まで、ヤーンのみ恵みがグインの上にあらんことを。愛してるよ、グイン、心から、いまとなってはぼくのただひとりの本当の兄弟として、本当にぼくはあなたを愛しているんだよ。楽しい旅だったね、何もかも……」

「さ、そろそろお時間が本当に迫って参りましたぞ」

あわててヴァレリウスがさえぎった。

マリウスはヴァレリウスが本当は《何を》さえぎろうとしているのか、などということはまったく疑っていなかったので、こんどはもう本当に時間がないと考えて、出来るかぎり口早に付け加えた。

「このあともしもぼくがもう、リンダとパロ聖王家に対するぼくの神聖な義務を果たせたと感じたら、ぼくはまっすぐにいっぺんヤガにゆくつもりだよ。そのときには、ぼくからもよろしく云って……」

「陛下」

ヴァレリウスがあわててまたさえぎった。

「もう、外で、馬どもが待ちかねております」

「ヤガ？」

けげんそうに、グインは聞き返した。

「ヤガとは、あの沿海州のヤガのことか？　それとも俺の思い違いだったかな」

「そうそう、それそれ。そのミロク教徒の町ヤガのことだよ。そうか、グインはまだ知らなかったんだね。フロリーはスーティをつれてヤガへ旅立って、そして――」

「陛下」

断固として、ヴァレリウスは云った。そして、やわらかな身振りではあったが、かなり明確に、マリウスを押しのけた。

「もう、遅くなります。そろそろ最初の騎士団は出かけてしまっております」

「兄弟どうしがつぎはいつ会えるかわからないさいごの別れを惜しむくらい、いいじゃないか」

むっとしてマリウスは云ったが、ヴァレリウスはもう、この上ひとことでもマリウスに喋らせて危険を冒させる気にはなれなかったので、マリウスに背をむけ、グインとのあいだに割って入って、無礼は承知でからだで押し出すようにした。

「さあ、陛下、お急ぎ下さい。女王陛下が下でお待ちでございますよ」

「さよなら、グイン。元気でね」

あわてて、マリウスは叫んだ。

「ぼくの歌を聴きたくなったら、いつでもぼくを思い出してくれ。必ずまた会えると信じてる。信じてるよ——ぼくは……」

「さあ、陛下。さあ、陛下」

「さあ陛下」と繰り返して、まだもしかしてマリウスが余計なことを云いはせぬかと心配しながら、ヴァレリウスはぐいぐいとグインの巨体を押して室の外へ連れ出してしまった。マリウスを外に連れてゆくほうが簡単だったかもしれなかったが、ヴァレリウスは、グインをひとりで残しておきたくなかったのだ。

マリウスを室のなかに取り残して、廊下にグインを連れ出し、せかせてどんどん出発の準備のととのい、リンダが待っている正面玄関のほうへ連れてゆくと、ようやくヴァレリウスは少しだけほっとしたが、内心ではマリウスを《永遠の沈黙の刑》にかけて、二度と口がきけないようにしてやりたいものだ、というようなことを考えていた。グインはヴァレリウスのそのけんまくにいささか驚いたように、黙って連れ出されていたが、しかし、ふいにもらしたひとことが、ヴァレリウスの血を凍り付かせた。

「ヤガといったな。――フロリー、フロリーだと。フロリーはスーティを連れてヤガへ旅立って――マリウスは確かにそう云った。――スーティ。スーティとは誰だ。なんだか……」

「陛下」

ヴァレリウスはいささか動転していたので、ひどく朗らかな声でグインの思考を邪魔しようとした。

「道中、よいお天気であるとよろしいですね。――まあ、いまの季節ワルスタットあたりまでは、いたっておだやかな天候が続くはずですが、なんといってもケイロニアは北国でございますからね……」

ほとんど、自分が何を口走っているのかも、ヴァレリウスはわからないくらいで、ただとにかく喋り続けてグインの考えをその名前からひきはがしたかったのだ。だが、そのかいもなかった。

「スーティ」

グインが、ぽつりと、ヴァレリウスの浮わついた饒舌を無視してつぶやいた声が、またしてもヴァレリウスの心臓をぎくりと一瞬凍らせた。

「どこできいた名だろう。スーティ。――スーティ。……なんだか、懐かしいような……ひどく親しい感じがするのだが……」

「リンダ陛下が待っておられますよ」

マリウスに憤慨しながら、ヴァレリウスは云った。

「さあ。お急ぎ下さい。ハゾス閣下も皆様お揃いでございますから」

2

そのようなわけで、ケイロニアの豹頭王グインと、そしてそれをわざわざサイロンから迎えにきたケイロニア宰相、ランゴバルド侯ハゾス、ワルスタット侯ディモス、黒竜将軍トール、金犬将軍ゼノンとかれらのそれぞれの騎士団、そして、長いあいだ、忠実にこゆるぎもせずにかれらの唯一のあるじを迎えてともに帰国するときをひたすら待ち望んでいた《竜の歯部隊》、ガウスに率いられた《竜の歯部隊》とは、粛々とクリスタルの都に別れを告げ、懐かしい北方へと旅立ったのであった。

今度の旅には、少しの不安気もありはしなかった——なにをいうにも現在の世界最強の強国であるケイロニアの、そのなかでも最も強大かつ勇猛とされている黒竜騎士団と金犬騎士団、そして精鋭の《竜の歯部隊》が護衛にたち、通り過ぎる道筋は、パロをこえればただちにワルド山地に入ってそこはワルスタット侯の領地であり、そして、そのさきはもう懐かしいかれらのふるさと、こよなく豹頭王を敬愛するケイロニアの大地であった。

それに、グインも、もはやタイスからパロ入りしたときのあの重傷のあとさえもとどめていなかったので、健康的にも何の心配も必要ではなかった。むしろ、これよりも頑健で、これよりも壮健なものたちで作り上げられた一団というものは、めったには存在しなかったかもしれない——たとえ、軍隊の遠征でさえである。

まして、かれらのこの旅はまさに《凱旋》であった。長いあいだ、かれらは豹頭王の不在に心を痛め、その不在ゆえに病みついてしまったおのれたちの大帝の病状にひどく心を悩ませていた。こうして豹頭王を迎えて威風堂々とサイロンに戻ることが出来る——グインの顔を見たとたんに、アキレウス帝のおもてがいかに輝くことか、そしてその翌日からたちまち医学の神々も仰天するほどの速度でもって老大帝が回復してゆくことだろうか、といった楽しい見通しを考えただけで、かれらの旅は、おのずとあまりにも輝かしいものとなったのだ。

ただひとつの心配がひそやかに隠されているとすれば、それは、実のところハゾスとディモスだけにとっては、「王妃の問題」であったが、いまのところ、かれらはそれをも心の片隅にうっちゃっておこうとした。というよりも、ハゾスも、ディモスも、そしてむろんトールもゼノンも、かれらはひとしなみに豹頭王を崇拝しているケイロニアの軍神たち、守護神たちのなかでさえ特に、ひたむきに、いじらしいほどに豹頭王グインを慕ってやまぬものたちであったのだから、ついに待ちに待った豹頭王をいただき、それを守護しての帰途、という考えは、そのような、帰国後のややこしそうな問題をさえ、追いやってしまうだけの力があったのであった。

リンダ女王と、そしてヴァレリウス宰相、ヨナ博士らに別れをつげて、この堂々たる一行がクリスタルの都を出ると、かれらはにわかに行軍のピッチをあげた――それは考えのあってのことであった。むろん、帰心矢の如しというのも本当のところであったが、それ以上に、ハゾスは、短いクリスタル滞在のあいだに、そのするどい目でもって、いまのパロ宮廷の実状をすべてくまなく見てとってしまっていた。そして、本当にこの伝統と格式あるかつての大国が、あえていえば落ちぶれ果てていること、経済的にも軍事的にも、また人材的にも疲弊しきって、いまだきびしかった内戦から完全に立ち直ったというにはあまりにも程遠い状態であること――そして、それでもリンダ女王以下の経験の浅い少数の《生き残り》たちが必死になってなんとか、パロを建て直そうと悪戦苦闘しているのだ、ということをすっかり理解してしまっていたので、いま、このような大軍が通過することが、いかにパロにとって負担になるか――ことにクリスタルに近ければ近いほどである――ということを考えずにはいられなかった。

一方では、自分たちが金を落としていってやれば、かなり、パロの宿場町にとっては助かることになるだろう、という考え方もあったが、しかし、それも、困窮がある程度に及ぶ前の話である。いま現在のパロは、とにかく、当のクリスタル・パレスでさえも、この賓客をもてなすためにひそかに女王が自分のさいごの隠してあったたくわえを持ち出さなくてはならぬような状態であった。

つまりは、宿場町でこれだけの人数の兵士たちの兵糧や寝る場所を確保しようにも、必要なだけの食料品をかきあつめることがとうてい――多額の金を積まれてさえ――不可能なような状態だったのだ。それはもう、斥候を放ってもあったのでハゾスにはよくわかっていた。

だが、ハゾスとても、率いている軍勢にも、お歴々にも、食わせぬわけにもゆかないし、いごこちのいい安全な寝床を確保してやらぬわけにもゆかぬ。それゆえ、ハゾスはかなり最初に手を打って、一番近いワルスタットから、ディモスを通じてなるべくたくさんの兵糧をかき集めさせてこちらへ輸送させていたが、それもあまりパロの人々の名誉や自尊心を傷つけたくなかったので、あまりおおっぴらにはしたくなかった。それゆえ、その次にいい方法というのは「一日も早く、パロ国内を通り過ぎること」であった。

幸いにして、クリスタルの都から、シュクをぬけ、自由国境地帯に入るには、いくらもかからなかった――それでも、のんびりゆけばそれなりな時間を費やすことも出来たが、ハゾスは将軍たちと相談して、本当にこのような大編成の軍勢――《竜の歯部隊》をいれて二千五百名であった――にはとうていあるまじき、すさまじいほどの速度でパロ国内を通り過ぎてしまうことにしたのである。もっとも、いかに速度をあげても、夜通しの行軍をせぬかぎりは、さすがに一日でパロ国内を出て自由国境地帯に入るのは無理であったし、また自由国境地帯に入るとそこはワルド山地で、あまりめぼしい宿場もなかったので、どうあっても、いったんシュクの町で一泊しなくてはならぬのだけはどうしようもなかった。だが、本来ならば、二千五百人の編成とあれば、先頭がもう自由国境地帯に入ってしまっていてもまだ末尾はシュクの町でうろうろしている、というくらいには、だらしのない行軍をしていれば、いくらでも出来たであろう。だが、ケイロニアの軍勢はきわめて鍛えられていたし、その上にこれは精鋭中の精鋭ばかりであったので、むろん、二千五百人の大軍といえども、まるで命ずるものの手足そのもののようになめらかに移動したり、とまったり、速度をあげたりすることが出来た。

ハゾスは将軍たちと相談して、シュクで一泊だけすることはやむなしと決めた。体力的には、おそらく誰ひとり、夜通し駈け続けていたところで疲れでちょっと衰弱するものさえもなかっただろうし、文句をいうものも、また脱落するものもむろん、ただのひとりもいなかっただろう。そもそも豹頭王からしてそうで、彼はリンダ女王の心づくしの六頭立ての馬車に乗って旅してはいたものの、むしろ本当をいえば、馬に乗って全軍の先頭に立っていたそうであった。そのほうが、少なくともずっと彼の気質にはあっていた。もっとも、そうでなくともこのところさまざまな内乱、内戦に脅かされっぱなしのパロの人民たちの心を、またしても動揺させるのは好ましくないと考えたので、グインは大人しく馬車のなかに小姓二人を従えておさまっており、ときたま窓から外のようすを眺めるほかはいたって大人しくしていた。どちらにせよ彼には考えることは山のようにあったのである。

ハゾスはいろいろ考えて、前もってシュクにふれさせておき、豹頭王とそして重臣たちと、おもだった隊長たちのためだけに宿を用意させていた。あとは、必要な糧食をととのえてやれば、兵士たちは一晩やふた晩、陣を張って野営することなど、むろんなれっこ、というよりもそれが商売であったから、何も文句は出なかった。あらかじめ、ハゾスは隊長たちに「パロ国内では、あまり食糧が調達出来ぬので、持参してきた兵糧を中心にするように」と――そのかわりに、明日国境をこえてワルスタットに入ればもう何の心配もいらないからとふれをまわさせてあったので、従順で忠実なケイロニアの兵士たちはやはり何の文句もなく、それぞれにシュクの町の郊外に陣を張り、野営の準備をし、ケイロニアを出たときからずっと持参してきている粗末だが栄養だけは充分にある兵糧で腹ごしらえをし、明日の朝はきわめて早い出発が予定されていたのでそうそうに交互に歩哨を立てながら、休息をとることに専念していた。

いっぽう、王をはじめとする幹部たちのほうはもうちょっとは文化的な一夜をすごすことが出来た。幸いに、シュクの町は、ケイロニアとの国境地帯にもっとも近く、現在のパロのなかでは、一番、ケイロニアからの物資がワルスタット経由で入ってくるので、ほかの地方に比べればよほど食糧にせよ、ほかのものにせよ多少は潤沢な地域であった。ハゾスは、グインからも云われていたので、たっぷりと宿代をはらい、少しでもシュクの町が――ひいてはパロが潤うようにしてやろうとここでも気を配っていた。

それで、かれらはシュクの一番大きな宿屋をひとつ借り切ってそこを臨時の本営に仕立て、最も大きな室とその両隣の二室を今夜のケイロニア王の御座所に仕立て上げて、そのまわりに重臣たちの寝所をつくり、むろん警戒もおさおさおこたりなかった。《竜の歯部隊》はこの宿屋をはなれず、その周囲に野営の陣を張ったので、シュクの宿場のものたちや、旅行者たちは目をまるくしてそのようすを見物に集まってきていた。

「やれ、やれ――これでようやく、陛下とまたのんびりとわれわれ腹心だけでくつろいで話が出来る、夢のような一夜を迎えることができるようになりましたな！」

もろもろの支度がすべて終わってしまうと、ハゾスはほくほく顔で、グインの《御座所》にやってきた。

「陛下は旅でお疲れでございますか。あまりお疲れでなくば、我々、待ち焦がれていた者どもに、今夜の夕食の、御陪食の栄をたまわりたいものでございますが。おお、もちろん、ガウス准将にも声をかけましょう。あれこそ、一番、待ち焦がれていた者でございますしね。もっとも、陛下がお疲れとあれば、我々はご遠慮させて頂きますが」

「何を寝言をいっている、ハゾス」

グインは吠えるように笑って答えた。

「あれしきの行軍でこの俺がちょっとでも疲れるとでも思うのか。確かに疲れなくはなかったな——馬に乗っておるほうがはるかに体に良い。このところ、パロ滞在中もずっと、このからだがしたがるほどに体を激しく動かすことがなかったもので、今日一日、馬車に乗っていてなんとなくむずむずしてならぬ。それをして疲れた状態というのだったら、明日は、疲れぬようにやはり馬に乗って、先頭にたって行軍することにしよう」

「とんでもない」

ハゾスは満足のあまり気絶しそうな顔になりながら笑った。

「陛下のようなかよわくて華奢なおかたを馬に乗せて行軍おさせしたりしたら——馬が気の毒ではございませぬか。六頭の馬でひけばサイロンまで替え馬はなしですむものを、陛下がお乗りになったら一日で一頭づつ乗り潰してしまわれましょうぞ。今回連れてきた馬は、一応丈夫なアンテーヌの栗毛ではございますが、陛下のご愛馬のような特別よりぬきのではございませんから」

「云ってくれるなあ、ハゾス」

グインもまた笑った。やはり正直のところ、いかにリンダ女王の代になって堅苦しくなくなったといっても、クリスタル宮廷はひとの宮廷でもあったし、あまりにもケイロニア人たちには気質的な違いが大きすぎた。ふたたびまた、尚武の気性を誇るケイロニアの同国人たちだけになるのは、この上もなくいい気持であった――その上に、正直のところ、かれらは――ことにハゾスやディモスはまだしも、軍人たちは、パロにいるかぎり、まるで小人の国にさまよいこんだシレノスのような気分に、たえずさせられていたのだ。

「まあ明日があるゆえ、宴会というわけにもゆかぬが、それでも久々の再会を祝って酒のひとつもくみかわせたらよいな。皆を呼んでやれ。我々は格式高いパロの宮廷びとではない。その床に車座で、いっかな構うまい」

「御意」

さもなくてどうしようぞ、というようすで、ハゾスがまたしても満面を笑み崩れて云った。

「それがしが、もしかしてどこかで用に立つかもしれぬと悪魔のごとき悪知恵で考えて、ひそかに国をたつとき持参してまいりました、ひとつぼの火酒をここで持ち出しましょう。もっともトール将軍だの、ましてやゼノンだのにかかった日には、ひと口で飲み干されてしまいそうですがね。――副将どもにはすまぬが遠慮してもらうこととして、それでは、ゼノンと、トールどのと、ディモスと、それにガウス准将だけをお招きして」

「いろいろと、おぬしらにも、苦労をかけたな、ハゾス」

グインは云った。みるみる、ハゾスの目がまたちょっと潤んできたが、それは、いささか個人的な理由もあった。

「皆にこそそのおことばをかけてやって下さいませ、陛下。私などは――とはいいますものの、本当に、嬉しゅうございますよ、陛下。陛下がその――こう申しては何ですが、そのう、もとの陛下に戻って下さって……」

「もとの、俺に、か」

いささか、複雑な感慨を胸にして、グインは云った。小姓たちが、入口の両側にひかえていたが、いたってお行儀よく、奥のソファのところでおこなわれているこの個人的な話し合いなど、何も聞こえぬようなようすをしていた。

「ええ。その――いまこのようなことを陛下に申し上げて、お気持を悪くさせたら申し訳もございませんが――あのときには、懸命に、いや、陛下はご病気なのだ。ご病気なのだから、ご同情申し上げて、いたわってさしあげなくてはならぬ――と一生懸命自らに言い聞かせつつも、陛下が……その、つまり――私を、ご記憶になっていられなかったことが、そのう、相当に――どうやら、わたくしは、衝撃的だったようでございまして……」

「それは、当然だろう、ハゾス」

グインは分厚い肩をすくめた。

「ハゾスだけではなかろうし、そのことを思うと、俺にせよ、気の毒をしたなと思うぞ。

だが、こればかりは――俺にはいかんともしがたいことであったからな」

「はあ。それももちろん、わかっておりましたし、もっともご心痛であり、ご心労であるのは陛下御自身であられる、ということも、いやというほど、このハゾスわかっておりましたから。――陛下はありったけの……陛下でなくばとうてい不可能なような自制心でもって、まったく何事も変わったことはないかのようにふるまっておいでになりました。おそるべき克己心かと――さすがはわがグイン陛下と思いましたが――このハゾスが同じような目にあって、記憶が混乱する、何もかも――おのが腹心の顔さえも忘れてしまう、などと云うことになったならば、とうてい、パロにお迎えに参ってはじめてお目にかかったときの陛下のように堂々とおそれげなくふるまう自信はございませぬ。あのときの陛下をみて、ハゾスは実は、ますます陛下に惚れ直した、と申し上げたらお気持悪く思われましょうか。さすが大丈夫と、ひたすら感嘆しきりだったのでございますが――そうは思いつつも、どうしても――そのように申し上げてはどのように陛下がお困りになろうか、辛くお感じになろうかと懸命に自制はしておりましたが、その」

　ハゾスは、頰をゆるめた。

「陛下が、ハゾスをお忘れになってしまわれた――と思いますと、もう、寂しくて、悲しくて。――人目がなければ号泣してしまいたいほどの気持でございましたよ。でも、そのあと何やら、ヴァレリウスどののほうから、ちょっと異変がおきたとやら――陛下のご記憶が戻られたとやら、ただ完全なかたちではないとやら――いったいどういう意味なのか、かいもく見当がつきませんので、何回も、ともかく陛下に会わせてくれるようにとヴァレリウスどのにお頼みしたのですが、そのつど、現在治療中であられるので、しばらく、もうちょっと様子が落ち着かれるまでは、というお返事で、とうとうあの歓送の宴までは陛下にろくろく会わせてもらうこともできず――心配はつのるばかりで……あの宴のおりに、おや、もとの陛下がおいでなのだろうかとちょっとは思いましたが、結局あのような席ではこうして親しくおことばをかわさせていただくにもいたらず――」

「ああ、そうだな。いろいろと、ヨナ博士に、治療を受けていたのでな」

「だそうでございますね。――しかし、それで……こうして、やっと……落ち着かれた陛下にお目にかかったとたんに、わたくしといたしましては、おお、陛下だ、本当の陛下だ、グイン陛下がおいでになる、というのがもう、嬉しくて、嬉しくて――思わず、子供のようにはしゃいだ気持になってしまっております。やっと、本当に親が戻ってきた子供のように――などと申し上げては失礼でございますね。それに、さぞかしトールどのもゼノンも同じような気持でおりますでしょう。一刻も早くこちらに呼んでやることにいたしましょう」

「ああ、そうだな」

かくて、その夜は、きわめて親密な、そしてきわめてある意味感動的なものとなった。シュクの宿の亭主は、ハゾスが気前よくはずんだ多額の代金にふさわしいもてなしをかえそうと、懸命にかけまわって材料をあつめ、このような田舎の宿場町としては大層もなく立派だといわなくてはならぬような御馳走をあとからあとから並べた。もっとも、健啖家ぞろいのケイロニア男たちのなかに、おまけにゼノンがいるのだから、いくら作っても残る心配はなかった。それに、ゼノンも、最初のうちは、またしてもグインの健在にふれて大泣きしたが、それがひとしきりして落ち着いてくると、子供のように喜んで笑いながらおおいに飲みかつくらい、いくら若くとも、いくら頑健きわまりない大男といっても、それほど飲んでは明日の行軍にさしつかえるのではないかとハゾスがたしなめるくらいであった。

当然、酒はハゾスの秘蔵のものだけで足りるわけもなく、宿屋のものも運ばせたが、いくらあっても足りぬほどであった。日頃はもっと品よくしか飲まぬディモスでさえ、その夜はことのほかのうま酒であったとみえて、よく飲んだ。グインはそこそこ飲んだが、いくら飲んでも酔いをもたらさぬのはいつもと同じであった。

「ああ、陛下だ——陛下がおられる」

「陛下だ。陛下だ」

みな、さきほどのハゾスのように、子供のようにはしゃいでいた。あのクリスタル・

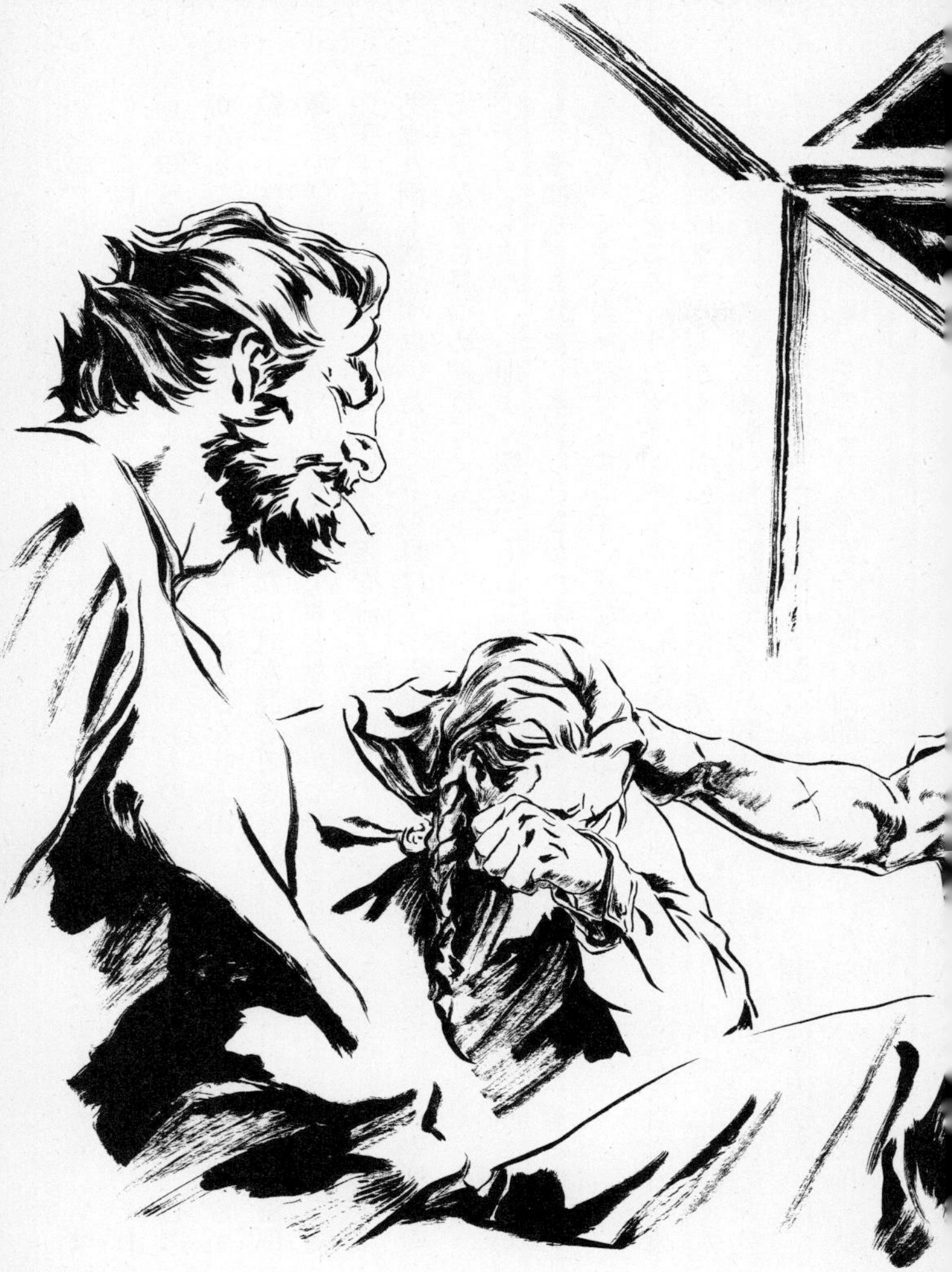

パレスでは、いささか厳粛になったり、とまどったり、不安になったりもしたが、いまのここにいるグインは、まったく、かれらにとってはかれらがずっと知っていた、それしか知らなかったまぎれもない《本当》のグインその人であったから、かれらは、心にかかることなど何もなくなり、思う存分に喜びを吐き出していた。本来ならばいささか位が上すぎるこのような人々のあいだに立ち混じることを特別に許された、《竜の歯部隊》の隊長、ガウス准将は、きわめておとなしやかにひっそりと隅にすわり、むしろ豹頭王の守護のためにここにいることを許されているのだ、ということを忘れぬようすであまり酒も飲まずにいたが、その目はずっと誰にも負けず劣らず輝いていて、崇拝する王をひたすら見つめ続けていた。

グインもまた、心地よく飲み、そして食って、すっかりくつろいでいた。彼にとっても、やはり、これは、本当にひさかたぶりに、本当に気を許せる、本当に一番の腹心の友といってよい人々だけとすごす一夜だったのである。

正直のところ、まだグインのなかにはいささか鬱屈が残っていないわけではなかったし、それはまぎれもなく、おのれの記憶が「完全ではないこと」——元通りに復旧したようにみえて、微妙にあちこちに齟齬や欠落があり、しかもそれは、おそらくなにものかによって人為的に操作された結果にほかならぬこと、という、事実に原因があった。グインならずとも、そのような不安や憂悶を内部にかかえていたら、いささかならず憂鬱にならざるを得なかっただろう。

だが、グインは、それにもまさる、ハゾスの友情、トールの親愛と忠誠、ゼノンの崇拝、ガウスの忠実、ディモスの敬愛をまざまざと受け取って、それにあたためられていた。長い、長いさすらいの旅はついにこれでひとまず終わりであった。

むろん、まだこの先、沢山の不安もとまどいも困惑も残ってはいたし、また、そのようなわけでおのれの記憶を十割すべて信じていいのかどうかわからぬ、という不安もまだ残ってはいたのだが、それはいっときのあの恐しい、おのれの足元から何もかもが崩れ落ちてゆくような恐怖に比べれば、まったくささいなことといってもよかった。――といって、そのときの記憶はグインのなかから、きれいに洗い流されてしまっていたので、グインがそのときのことを覚えている、というわけではなかったが。

だが、なんとなくグインの体のほうは、その、不安でひどく気持の悪かった状態そのもののほうを記憶しているかのようであった。そして、少なくとも当面は、それから抜け出して、からだがすっかり楽になったこと――心も、とりあえずはもとの入れ物にしっかりとおさまり、必要なこと、覚えているべきことは全部覚えている、というここちよさにほっと胸をなでおろしているかのようであった。

それに、グインは、ようやく、《ふるさと》に戻ってゆきつつあったのだった。何をいうにも、ケイロニアこそはグインにとってただひとつの心のふるさとであり、最初に豹頭異形のかれを受け入れてあたたかく遇してくれたところであり、そして、彼を『わが子よ』と呼んでくれた父のいますところであった。グインは友に囲まれ、彼をこよなく敬愛する人々に囲まれ、大切に扱われ、そして、一日千秋と待ちわびる《父》のもとに帰ろうとしていた。かれは、故郷に帰ろうとしていたのだ。

人々はさんざん騒いでその心のたかぶりを存分にまき散らしたあげく、明日の行軍も早いからと、適度なところで、いかにも何があっても節度を見失わぬケイロニア軍人らしくそれぞれの室にひきとっていった。本当の歓喜が爆発するのはやはりサイロン、黒曜宮に戻ってからだ、ということはみな、わきまえていたのだ。

「お休みなさいませ」

丁重に挨拶して、さいごにハゾスが引き取っていったあと、グインは、奥の寝室に入っていって、清潔でこの宿としてはあたうかぎり豪奢にしつらえられた寝台に身を横たえた。満ち足りて、友のあいだに帰ってきたものの充実感にみちみちていたのだが、それでありながら、目をとじようとした瞬間、ふいに、グインの脳裏によぎったのは、このような不思議な——少なくともいまのグインにとっては不思議な考えであったのだった。

（スーティというのは……誰の名だっただろう。なんだかとても気に懸かる——いったい、どこできいた名だろう。とてもよく知っていたような気がするのだが……）

だが、それからいくらもたたぬうちに、グインはすっかり眠り込んでいた。何かを思い出しているひまは、少なくともこの夜のグインには、ありはしなかった。

3

　そして、だが、旅はいたって順調に、つつがなく運んでいった。それはもう当然であった――この世に、このくらい、順調につつがなく旅を続けられそうな旅行者たちというものは他に存在し得なかっただろう。頑健で、しかも忠誠心にみち、よく訓練された騎士団を従えて、帰国を急ぐケイロニア王一行は元気いっぱいに赤い街道を進んでゆき、シュクに泊まった翌日には、朝まだき、日が登り切らぬくらいの時間にもうシュクを発って、その日のうちに国境をなんなく越えた。むろん、国境警備隊はあらかじめ知らせをうけて最大限の敬意を持って国境に整列しており、この高貴な一行を、槍をかかげ、歓呼の声をあげて出迎え、見送った。そうしてパロ国境をこえると、もうすぐにそこは自由国境地帯であったが、パロとケイロニアの間の自由国境地帯はワルド山地を抜ける山道であり、たいへんよく通商、交易が行われている主要な街道であった。

　パロからはケイロニアにむけて絹、レースほかの織物類、しゃれた作り物や保存食品、高価な酒や加工食品などがどんどん送り出されていた――最近はそこまでの余力はあまりなく、かなり減っていたにせよである。そしてケイロニアからは、逆にその原料となるような生糸や材木、鉱石類や、時には家畜、肉類、はるかノルンの海でとれてアンテーヌで加工された海藻や海産物などがパロへむけてひんぴんと運ばれていっていた。パロは気候が温暖で農産物のすこぶるゆたかな内陸の国であり、ケイロニアはそれほど広くないながらノルンの海を擁していたので、パロとケイロニアはそういう意味では昔から互いにとてもうまくいっていたのであった。それに何をいうにも、パロとケイロニアとは、互いにごくごく近い隣国であったのだ。

そのようなわけで、パロ－ケイロニア街道はワルスタットを抜けるまで、とてもよく整備されており、広くて、赤い街道の赤いレンガもすっかりすりへって毎日の交通量の激しさを物語っているかのようだった。赤い街道というのは中原のいたるところに網の目のようにはりめぐらされていたが、その広さは場所によっておおいに違い、ところによってはごくごく細く馬車と馬車がすれ違うのも大変なくらいのようなところもあった。だが、このワルド街道では、一番狭いところでさえ、ゆうに二台の四頭だての馬車が楽楽と片側をとおり――つまりはいちどきに四台の馬車が通り抜けられるほどの広さがあった。広くなっているところでは、それこそ馬車六台分ほどもの広さがあったのだ。もっともワルド山地はほかの山地にくらべればゆったりとおだやかな起伏をみせてはいたが、それでも山地には違いなかったから、山越えのときにはさすがにそのようにもゆかなかった。それでも、そこはやはり馬車三台分くらいの広さは充分に確保されていた――その立派な街道が確立されるために、ケイロニアもパロも、ずいぶんと道路工事に大金を注ぎ込んだものである。だが、充分にそれだけの価値はあった。

ワルド山地をこえるのに、やや手間どりはしたが、それをすぎてワルスタットに入ってしまえば、もう、こちらのものであった――もうこの旅には何の問題もなかった。ワルスタット侯はおのれの誇りにかけて、「どうあっても、わが城にてご一泊いただく栄をたまわりたい」と申し出て、なんなく受け入れられた――本当をいえば、ハゾスにしてみればワルスタットまでゆくよりは、国境をこえたところでいったん一泊し、あとは一気にサイロンをめざしてゆくほうが、あと一泊で一番効率よくすむのではないか、という気持もあったが、親友が豹頭王を歓待したいというその気持はよくわかったし、ワルスタットまでやや強行軍で一気にシュクから一日のうちにむかうのも、この軍隊にはそれほど難儀ではなかったので、ディモスの希望をいれてやることにしたのであった。

そこでディモスは猛烈に張り切り、申し出て、ワルスタット侯騎士団だけを連れて先発し、たいへんな早がけで、半日も先にワルスタット城に入った――むろんその前に早飛脚がこのたいへんな知らせを持ってディモスの居城に到着していたので、ただちにワルスタット城は上を下への大騒ぎになり、突然の、豹頭王の到着、一泊というまたとない栄誉を受けて、家令たちはたちまち半狂乱になっていた。

もっとも、人柄的にはいささかつまらぬところもあったとは云いながら、ワルスタット侯とても、ケイロニアの誇る十二選帝侯のひとりであったし、その意味ではきちんとしていて、おのれのなすべきこともよくわきまえており、そういう意味ではなかなかのやり手でもあった。ハゾスのように機知に富んだところはない、というだけのことで、ディモスもまた、れっきとしたひとりの人物ではあったのである。それゆえ、ワルスタット城はたいへんよく管理も、訓練もゆきとどいた城であり、また、ワルスタットそのものが、交易とゆたかな農産物の収穫とで、十二選帝侯領のなかでもなかなかに富裕な領地でもあった。それで、あるじの意向をうけてワルスタット侯の家臣たちが用意した、豹頭王のもてなしは、ありていにいって先日リンダ女王とヴァレリウスが懸命にパロの体面を保とうと苦心惨憺した歓送の宴よりも何倍も豪華でゆたかであった。かつてであれば、パロ宮廷は、物資が少なかったとしてもその洗練された趣向や、真似することの出来ぬ伝統の至芸などをもって内心野蛮な後進国と下にみているケイロニアを、つまりは文化の洗練度で圧倒しようとすることも出来たに違いないが、いまのパロでは、それも不可能であったのである。

もっともケイロニア王とその重臣たちは、べつだんそのようなもてなしを、喜んで受け入れこそしたが、それでまたしても飲めや歌えのどんちゃん騒ぎを繰り広げるということもなく、いたって実直に実際的にこのもてなしを楽しんだ。ケイロニアでは、旧ユラニアの人々のように、鯨飲馬食に溺れることや、美食にうつつをぬかすことは流行っていなかった――むしろ、それは恥とされていて、充分な、滋養にとんだ食物がありさえすれば、それで事足りる、とされていたのである。

それよりも、人々が楽しんだのは、ひさびさの親密な語らいであり、ずっと待ち焦がれていたかれらの敬愛する王がともにある、という感覚であった。グインの希望で、その夜は、シュクの夜のように重臣たちだけではなく、おもだった隊長たち、小隊長たちまでが王と夕食をともにすることを許され、ことに長年の《竜の歯部隊》の苦労をねぎらうべく、《竜の歯部隊》は平隊士にいたるまで全員が招かれた。ワルスタットの富裕さも、ワルスタット城の広大さも、わけなくそれを可能にした。それゆえ、この夜は、ガウスと《竜の歯部隊》の勇士たちがいわば主賓、といった格好でもてなされ、かれらはひとりひとり豹頭王に挨拶することをさえ許されて感涙にむせんだ。指揮官であるガウスには、特に長年の辛苦をねぎらって、豹頭王から特製の短剣が褒美に与えられたので、ガウスはまたひとしきり大泣きであった。

その夜がすぎるとまた、早朝にこんどはゆたかな糧食をあてがわれて一行はワルスタットを旅立ち、そして次の泊まりは一気にササイドンであった。マリウスがササイドン伯爵、という名を与えられていた、あのササイドン古城である。この旅程であれば本来ならばタヴァンか、ヤーランに一泊するところであったが、どちらも非常ににぎわっている、幹線となっている街道の主要な宿場で、たえず非常な人数の旅行者、商人、荷物が往来している。二千五百人の大人数が一気に押し掛けることはかなりの混乱を招きかねない、ということで、ちょっと寄り道になるが、砦であってこの程度の人数ならば楽楽と収容できる、この古城が宿に選ばれることになったのだった。むろんこれもすでに抜け目のないハゾスが先に手配ずみであった。ササイドンはまだケイロニアがケイロニア皇帝家のもとに統一される以前の、ケイロン族が古ケイロニアと呼ばれる小さな国を持っていた非常に古い時代には、サイロン以前にこのケイロニアの首都でもあったところで、その後サイロン建設に従って首都が移され、周辺の十二の小国家が統合されて連邦となり、ケイロニア帝国が成立してゆく過程で完全に忘れ去られた古城となっていったのだが、それでもなお、歴史的な価値は保っていたし、いざというときにはケイロニア皇帝家の拠点となりうるよう、つねにきちんと整備されていた。

マリウスはササイドン伯爵に任命されはしたものの、ついにササイドンがどこにあるかさえ、知ろうとはしなかったし、むろん足を踏み入れることもなかったのだが、それで現在のササイドン古城は、そのかみの名家であったイルティス男爵家によって管理されていた。イルティス家の当主は非常にひさかたぶりにササイドン古城にケイロニア王を迎えることをとても名誉と考えて喜び、これまた盛大なもてなしの宴を用意して待っていた。ササイドンはタヴァンからかなり横道のササイドン街道にそれて、深い山中にあったが、そこからまた古い脇街道でヤーランを通らずにマルーナまでゆくことが出来たので、結果としてはそれほどの遠回りでもなかった。それに、あまり人目をひかずにサイロンを目指すのならば、そのほうがかえってよかったであろう。

といってもう、べつだん、グインが人目を忍ぶ必要がある、というのではなかったが、むしろ逆であった。ハゾスは、いまやケイロニア国内に圧倒的な人気と愛慕を集めている豹頭王が、このしばしの不在からついに黒曜宮に帰還する、ということが知れれば、たちまちいたるところで収拾のつかぬ騒ぎがまきおこるのではないか、とそれをおそれていたのであった。グインもその偉大さにもかかわらず、ごく気さくで庶民的な人柄であることも知られていたし、それゆえ、「自分の作ったものを陛下に差し上げたい」であるとか、「ひと目陛下を見たい」などという群衆の山がいたるところで出迎えてしまったら、かれらの帰途はいたってはかのゆかぬものになってしまうだろう。

アキレウス大帝の不例を考えると、ハゾスは、とにかく一刻も早くグインを無事に黒曜宮に戻らせたかった。すべてはそのあとから、と思われたので、逆にササイドン街道から、ひとけのあまりない旧道を使ってマルーナまでゆくほうを選んだのであった。

ササイドンからマルーナへは山道でもあったし、かなり距離があったので、本来ならば、マルーナで一泊して、翌日粛々と威儀を正してサイロンに入るところである。だが、ハゾスは、それもグインにはかって、強行軍で夜のあいだにでもよいから、サイロンにとにかく入ってしまおうと考えていた。

「陛下とても、そのような形式は本来お気にはなさいますまい。――むしろ、陛下は気さくなお方ですから、そのような面倒な正式ばったご帰国の仕方はあまりお気がすすまないのではないかと、このハゾス、拝察いたしますが」

「そのとおりだ」

グインは笑った。

「というよりもだな、ハゾス。お前は、アキレウス陛下のためにも一刻も早く、と考えているのだろう。俺も、そうだ。それ以外のことはどうでもよい――だから、どうだ。いっそ、そうして旧街道を通るのであったら、このさい、主要部隊はあとからついてきてもらうことにして、俺だけ、《竜の歯部隊》を率いてどんどん先がけして、サイロンに入ってしまう、というのでは。むろん、そのあとで宰相がそれが必要だと考えるのであれば、ばかげた話だがあらためて出迎えの兵を仕立ててもらい、サイロンに入り直して市民たちに出迎えて貰う、まあ出迎えの儀、を行ってもよいさ。だが、いまはそれどころではあるまい。とにかくアキレウス陛下のもとに一刻も早くかけつけたい、それが俺の気持ちでもあれば、お前の気持ちでもあるだろう、そうではないのか？」

「そ、それはもう、その通りなのでございますが、しかし――」

ハゾスはちょっと目を白黒させ、それから笑って承知した。

「しばらく、ご不在のあいだに、いささかこのハゾスも、陛下のやりかたを失念していたのかもしれませぬ。それでは、先乗りなさって下さいまし。すぐに黒曜宮にはそのよしを伝えて、大袈裟な出迎えなど一切なしで、ただちに陛下をアキレウス陛下のみもとにお連れするようにと命じておきましょう。しかし、わたくしの面目にかけてひとつだけお願いがございますが」

「なんだ、ハゾス。だから、あとで武張った正式の行列を作って入城しろ、というのなら、いくらでもつきあってやるぞ」

「そうではございません。いくらなんでも、お迎えに麗々しくこれだけの人数を連れて出向いて、陛下が《竜の歯部隊》だけをお連れになって黒曜宮にお入りになられましては、このハゾスも——トール将軍たちの面目もございません。このお迎えの軍勢の大半はそれではディモスに率いさせてあとからこさせることにいたしまして——ディモスはさぞかし、また自分が貧乏くじだとぶつぶついうでございましょうが、わたくしと、ゼノン将軍、トール将軍だけは、ごく少数の身の回りの騎士の中隊だけ連れてでよろしゅうございますから、陛下と御一緒にお連れ下さいませ。でないと、どうも、格好がつきませんよ」

「まあ、それはそうだな」

グインはおおいに笑った。

「確かに云われてみればそのとおりだ。これだけの大人数で迎えにきてもらって、それを置き去りにして勝手に親衛隊ともども黒曜宮に入ったのではおぬしの格好はつかんな。わかった、では《竜の歯部隊》も半数だけ連れてゆくゆえ、あとは、それぞれが一個中隊の精鋭を率いるがいい。そのかわりだな、ハゾス」

「は、はあ」

「他のものは、トールとその黒竜騎士団、ゼノンと金犬騎士団の生え抜きの精鋭たちだ。おぬしだけが文官だ。われらの強行軍についてゆけなかったら、置いてゆくぞ」

「そ、そりゃ殺生な」

ハゾスは音をあげた。

「まさか、わたくしに馬でトール将軍やゼノン将軍や、《竜の歯部隊》の精鋭たちについてこいとおっしゃるのではありますまい。わたくしは、武芸大会に出場する資格は残念ながらひとつも持ち合わせておりませんですよ。そりゃ、ケイロニアの選帝侯ですから、多少の乗馬も、いざとなれば剣をとって戦いもしはしましょうが——たいていのうぞうむぞうにはひけをとるつもりはまったくございませんが、十二神将騎士団のなかでも最も勇猛果敢をもってならす連中に匹敵しろとおっしゃるのは……」

「冗談だ」

珍しく、グインは声をたてて笑った。

「おぬしにそんな苛酷なことは云わぬさ。こともあろうに大ケイロニアの宰相が、みずからこんなに長いこと国もとをあけてくれたのだ。恥をかかせるようなことはせぬ。おぬしは俺の馬車で同行するがいい——ただし、あの馬車も六頭だてでひけば相当な速度が出る。きのうも思ったが、あれならば、急ぐときにはかえって乗り心地としては、騎乗で行軍したほうが楽かもしれぬくらいだぞ。それは覚悟してもらわねばならんが」

「それはもう、わたくしとて、ランゴバルド侯騎士団の団長としてはれっきとした武人でございますから」

ハゾスは嬉しそうに云った。

「おお、それでは陛下の馬車におそれおおくもご陪乗させていただけるわけで。これは、ディモスだの、ゼノンだのからねたまれそうでございますな。これは光栄至極」

「馬車のなかで、いろいろとつもる話も出来ようものでな」

グインは笑った。

というようなわけで、ササイドン古城を出ると、二千五百の大軍のうち二千人はあとに残してゆるゆるとサイロンを目指させ、ハゾスの同乗したグインの御座馬車をおしつつむようにして、トール率いる黒竜騎士団一個中隊が先陣に、御座馬車の周囲はガウス率いる《竜の歯部隊》が守り、そしてしんがりに騎乗のゼノンに率いられた金犬騎士団百五十騎、という編成で、先乗り部隊がぐんと速度をあげてサイロンを先に目指すことになった。これはそれこそ一陣の疾風に似た、すさまじいまでの強行軍となった。

「こ、こりゃ速い」

グインの馬車に同乗したハゾスは、馬車のなかにしつらえられている手すりをつかんだまま、最初の半ザンもたたぬうちに悲鳴をあげた。

「こりゃ、大変なことでございますね、陛下。陛下が、騎乗のほうがどれだけか、ら、楽だとおおせにな、なったのもごもっともで」

「あまり、喋るな、ハゾス。舌を嚙むぞ」

グインはもう馴れている。両手でしっかりと、手すりにつかまり、からだを支えながら笑って注意した。

「だから、馬でゆきたいとしきりといっていただろう。ことに、この街道は古い。下のレンガも相当にすりへっているからな。こりゃ、相当にこたえる一日になりそうだぞ。もう音をあげたか、ハゾス」

「とんでもない！」

ハゾスは強情我慢に叫んだ。

「せっかく、陛下の御座馬車にご陪乗させていただくという光栄に浴しながら、音などあげてたまりましょうか。し、しかし確かにこりゃ、舌を嚙みそうだ。ウワッ」

馬車が思いきりはねあがって、あわやハゾスは馬車の天井に頭をぶつけそうになったのであった。

馬車はそれほどの勢いで走っていた。と言うより、馬車を押し包んで、全軍が、すさまじい限りの勢いで疾走していた。普通の軍勢なら、こんな速度でずっと行軍を続けることは、一ザン程度しかもちっこない、と思われるほどの速度であった。だが、そのくらいの速度を出さなくては、今夜じゅうにマルーナをこえ、黒曜宮に入ることも出来そうもなかったのだ。

最初は目を白黒していたが、そこはハゾスとても、文官といえど尚武の国ケイロニアの文官であって、しかも当人のいうとおり、ランゴバルド侯騎士団の団長としてはれっきとした武人でもあった。それにともかく、広大なランゴバルドもサイロンも、乗馬がたくみでなくてはとうてい自由に行動することもかなわぬ。ものの四分の一ザンも閉口しながら揺られているうちに、ハゾスは要領よく、馬車の烈しい動揺にたくみに身をまかせたり、からだの中心を維持したりするコツをとらえることが出来るようになって、あまり騒がなくなった。

そうなると、あとは敬愛する――その上、とても気が合う親友でもある、と自他共に認めている豹頭王との二人旅である――むろんドアのところに当直の小姓は掛けているが――このような機会は、ハゾスといえどもなかなかあるものではなかったし、それに、このしばらくはグインの不在で、ハゾスはことに、グインとの会話に飢えていたのであった。

「この旅もまた、わたくしにとってはまことに忘れがたいものになりそうでございますね」

ハゾスは楽しそうに告白した。

「こうして陛下と二人でご陪乗させていただいて、まる一日御一緒させていただく、などという貴重な機会は、またとあるかないかわかりませんし。——もっともそれでわたくしが喋りまくって、陛下にへきえきされて、ケイロニアの宰相はなんとうるさい男だと思われてしまっては、悲しゅうございますから、あまり陛下をうるさがらせないように気はつけるつもりでございますが、わたくしのお喋りがお気に障りましたら、いつでも黙れとひとこと命じてさえ下されば、おとなしくいたします」

「おぬしがどれほど喋りまくったところで、おぬしはケイロニア人だ。マリウスの半分、いや三分の一饒舌だというわけにもゆかぬさ」

グインは笑った。ハゾスも笑い出した。

「まあ、あのかたは、パロのお生まれであるという以上に——吟遊詩人でもおありになることだし、それよりも……吟遊詩人であるからというよりも、あのようによく口がまわるからこそ、吟遊詩人におなりになったのでございましょうね。といって、わたくしはそれほどいつもいつもあのかたのお喋りに悩まされた、というほどでもございませんでしたが――あのあと、無事にパロの王太子になられるのでしょうか」

「王太子には、当分ならんだろう。なってしまえばもうあとにひけぬ、ということはマリウスもよく承知しているからな」

「ああ……」

「あれも気の毒なものだ。あれは半分しかパロ王家の血というか、王族の血はひいておらぬ。あれの母はヨウィスの血をひく侍女だったそうだ。たぶんあの歌舞音曲を愛してやまぬところは、ヨウィスの民の血筋からもきているのだろうが――それにしても、あれにとっては、パロ王家の誇りよりも、はるかにやはり自由を愛し、歌舞音曲を愛し、そして放浪を愛する血のほうが強いように俺には思われる。――本当をいうならば、パロ王家がいまもっと違う状態にあり、あれほど望んでいるものは好きなようにさせてやれるだけのゆとりがあれば、パロにとっても、マリウスにとっても、お互いに幸せというものなのだろうがな」

「さようでございますねえ……」

「俺は思うのだよ、ハゾス。――今度のこの一連のいきさつで、とてもいろいろと思うことがあったが、そのなかの最大のものは、結局のところ、人間が幸せでいるとは、おのれのいるべきところにいて、なすべきことをし――そして、ともにいるべき人々とともにいる、ということだ、とな」

「ああ。それはまことに至言でございます」

「そして、それはまた、おのれを知っている、という満足にもつながっているのだろう。——いまの俺は、ようやくおのれが戻るべきところに戻ろうとしている、という満足感で一杯だ。だが、そのなかにも一抹の不安は残っている。その不安が残っているかぎり、またもしかしたら、それがあらたな悩みの種になってゆくのかもしれぬ、とも思われる」

「陛下……」

そのときまた烈しく馬車が野生馬のようにはねあがったが、ハゾスは、それに驚くどころではなく、じっと、手すりを握り締めてグインを見つめていた。奇妙な不安のようなものが、ひたひたと胸にわくのを覚えたのである。

「いや、だが、それはほんのささいな悩みの実生の苗のようなものにすぎぬ。そして、そのようなものなら俺はルードの森で目をさまして以来、ずっとおのれのうちに抱いてきた、ともいえる。——それゆえに、いまは俺は申し分なく幸せだ、と云わねばならぬのだろうがな……」

グインはほろ苦く笑った。彼の胸のなかには、いくつかのあやしい疑惑が——ハゾスに対してでもはっきりとは口に出してみることのできぬ疑惑がひそんでいたのであった。

4

「豹頭王陛下の御到着!」

ひそやかに、着到を告げる声が、黒曜宮のごく一部にひたひたと伝達されていった。

これもまた、ハゾスの差配によって、とにかく何はともあれアキレウス大帝とグイン王との対面がかなない、ひとしきりあるまでは一切、黒曜宮全体に騒ぎが拡がることのないように、と、その知らせは、知らせる必要のある部署以外には、きびしくさしとめられていたのであった。

それでも、なんとなく、奇妙なことだがみるみるうちに、巨大な黒曜宮はいうなれば《息を吹き返した》ようにみえた――決して、黒曜宮は何もこのしばらくずっと瀕死の病人であった、というわけでもなく、そして、そのあるじを喪っていたというわけでも――アルド・ナリスを喪ったカリナエのようにである――なく、本来この巨大な帝国のあるじであるアキレウス・ケイロニウス大帝は依然として、病床にこそあれしっかりと君臨してもいたし、統治もつつがなくおこなわれていたのであるが――

それでいながら、黒曜宮は、明らかに、どこかしら深いところで生気を失い、そして、ずっと鬱屈し、沈滞していたのであった。そのことが、そのあいだじゅうそこで暮らし、そのことに胸をいため、そしていまあらためてそこに戻ってきたハゾスには、痛いほどに感じられていた。

（陛下だ――！）

ハゾスは、ひそかに、グインについて急ぎ足で――ずっと恐しい暴れ馬なみの馬車に、深夜まで乗りづめで二回、途中で食事のために休んだだけであったので、足腰が相当にがくがくしたがそんなところはランゴバルド侯の体面にかけてでも見せるものではなかった――薄暗い廊下を歩きながら、感嘆して思っていたのであった。

（そうか。やはり――陛下なのだ。グイン陛下――なんというかただろう！　ああ、やはりこの大ケイロニアの生命は、いまやグイン陛下の上にある……）

それは、ある意味ではいささかきわどい思考であるともいえた。なぜならば、それは、いまげんざいのこの黒曜宮と、そしてケイロニア帝国の主にほかならぬアキレウス大帝が健在であってもなお、すでにまことのこの帝国の生命が、その義理の息子の上に移動しつつある、ということを認めることにもつながっていたからである。

もっとも、その当のアキレウス大帝からして、息子の不在をかなしんで床につき、かなり重いいたつきであったのだから、それは、むしろ当然のことであったのかもしれなかった。

もともと、文武にひいで、人望を集め、歴代のケイロニア皇帝のなかでももっとも英明な獅子心皇帝としてケイロニアじゅうの崇拝の的となっていたアキレウス大帝の、ただひとつの、それこそ『シレノスのかいがら骨』といえる弱点というのがすなわち「ついに後継者たる男子の出生を得なかったこと」であった。——唯一、正妻たる故マライア皇后とのあいだになした子はかよわい上に素行にもなにかと問題のあるシルヴィア皇女であり、その皇女しかいないあいだはそれこそ、ケイロニウス皇帝家の直系の血がどのようにしてこののち保たれていったらよいものか、シルヴィア皇女が女皇として立ってゆくのか、だがそれにしてもあまりにも彼女がそうした支配者としての器を持っておらぬことも含めて、まさに文武にも経済的にも何の問題ももたぬ大ケイロニアの最大の難問であり、弱点であった。

はからずも、かのマライア皇后と皇弟ダリウス大公の謀反という不快な一件によって、アキレウス大帝が愛妾ユリア・ユーフェミアとのあいだになした『もうひとりの子』の存在が明らかになり、それはケイロニアにきわめて明るい希望の光をもたらした。それが男児であったのならば、まさに問題はほぼ解消したろうが、残念なことには、気質的にはシルヴィアにくらべれば百倍凜々しくもあり、また真面目でもあれば父親思いでもあったけれども、それもまた女性であった——オクタヴィア皇女自身が女性であったばかりではなく、その皇女がともなった、皇女の娘、すなわちアキレウス大帝のはじめての孫もまた、マリニア姫、という女児であった——聴力に生まれつきの障害があったことを別としてもである。

かくて、ケイロニウス皇帝家の人数は倍に増えたけれども、その構成は依然として、アキレウス大帝と、そしてシルヴィア皇女、オクタヴィア皇女、そしてマリニア姫、という大帝をとりまく女性ばかりのものであった。ケイロニウス皇帝家の——ということは大ケイロニアの難問は、それでもなかばは解決したともいえ、まったく解決していないともいえた。

その難問を、一挙に解決してくれたのが、ほかならぬケイロニア王グイン、シルヴィア皇女の夫となった豹頭王グインの存在であったのである。彼は、ひとなみはずれた武勇と知略の持ち主であったばかりではなく、その豹頭という異形にもかかわらずたちまちにしてケイロニアじゅうの尊崇をあつめ、人望をあつめるだけの器を持っていた。また、それだけではなく、何よりも大きかったのは、彼が、アキレウス大帝と何かきわめて深いところで肝胆相照すだけの《なにものか》を持っていた、ということであった。

これまでずっと息子と呼べる存在を持たぬままに、そのことに悩みつつこの年齢まできたアキレウス大帝が、グインという右腕を得て、それにぐんぐんとひきつけられてゆき、頼りにするようになってゆく様子というものは、なかなかに微笑ましいだけではなく、なんとなく涙を誘うものがあった——ひそかに、ランゴバルド侯は考えたのだった。アキレウス大帝は明らかに、深い心の奥底では、ずっと、こうした頼もしい《息子》の存在を夢見、渇望しつづけていたのだ。ようやく、それにふさわしい存在を得て、グインが一介の百竜長から黒竜将軍へ、そしてついにはシルヴィア皇女の夫として、ケイロニアの豹頭王へと出世してゆく過程で、アキレウス大帝のグインへの愛情と愛着とは、ひたすら深まってゆくばかりのようであった。

（そう——それゆえにこそ、グイン陛下が失踪されたときいて、おんいたつきあつくなってしまわれるほどにもだ……）

ハゾスはひそかに思ったが、このところずっと、そのアキレウス大帝の病に胸をいためていた忠臣ハゾスにしてみれば、いまこのようにして、そのいたつきの『特効薬』を首尾よく持参できた、ということこそ、まさにおのれの最大の手柄とも、誇りとも思われ、その劇的な対面の瞬間に立ち合う権利こそ、大ケイロニア宰相の名にかけて、誰にも決してゆずるものか、というようにさえ思われたのである。

そして、いまやその扉は目の前で開かれようとしていた。

「陛下」

グインとハゾスとを迎え入れた——ハゾスはおのれだけは宰相の特権を行使してその場に少なくとも最初のうちだけでも立ち合わせてもらおうと思ったが、ほかのものたちには、まずともかくご親子のみにしてさしあげ、他のものはすべてご遠慮せよ、と命じたのである——小姓が、次の間に二人を待たせておいて、いそいで大帝に言上しにゆくあいだ、ハゾスのほうがかえってわくわくと胸がたかぶってどうにもならぬくらいであった。

「陛下。——ケイロニア王グイン陛下、宰相ランゴバルド侯ハゾス閣下、おみえでございます」

小姓が申し上げると、弱々しい声がかすかにいらえるのが室の奥のほうから聞こえてきた。その声の弱々しさが、はっと二人のものの胸を衝いた。それはかつては獅子吼にたけた、ケイロニア獅子心皇帝の声にほかならなかったからである。

「グインか。——まことに、グインなのか」

「陛下。さ」

ハゾスはたまりかねた。

「陛下、お早く、大帝陛下のおん枕辺へ」

「ああ」

グインは——グインでさえ、我にもあらず、いささか動悸を高めているかのように見えた。そのままだが、ハゾスに押し入れられるように、グインは高い両開きの扉を開き、獅子心皇帝の寝室の中に入っていった。

中は、かなり薄暗くしてあった。おそらくあかるい光が、老病人の目にさわるからであろう。ろうそくを沢山使った燭台は半分ほども灯をともしていなかった。そして、大きな窓には深紅色のびろうどのカーテンがしっかりとかけられて、外からのすべての光をさえぎっていた——もっとも、よしカーテンが開いていたとしても、もう、とっぷりと暮れていたから——というよりも深夜といっていい時刻になっていたのだから、さしこむものはせいぜいが月明かりか、星明かりがいいところであっただろうが。

そして、だが、そうやってカーテンがすべてしめられていたせいで、室の中はいっそう薄暗く、とざされて、陰鬱に感じられた。かすかに、室の一番すみっこで、没薬がくべられ、香炉がたかれているようであった。そのかすかな香りは、アキレウス大帝がもとから好むものであったが、さわやかで空気をさっぱりと清浄にさせる香木がもたらすものであった。

そして、巨大な天蓋つきのベッドのなかに、ケイロニアの獅子心皇帝は、すっかり老いて、やつれはて、そして心労のために病みほうけて首まで布団をかけたまま、布団にいわば埋もれるように横たわっていた。

一歩、室に入るなり、グインはこの敬愛する義父のすがたを見た。とたんに、グインのトパーズ色の目には、我にもあらぬ涙が浮かんできた——それは、あれほどに雄々しく、凜々しく、そして大軍に叱咤し続けてきたこの勇猛にして英明な老皇帝が、これほどの短期間で、これほどに衰弱してしまうものか、という驚愕と、そして悲痛の涙であった。

「陛下……」

グインの声は珍しく少ししわがれてかすれ、のどに詰まった。

だが、病人には、充分すぎるほどに聞き分けることが出来たらしかった。ふいに、むくりと、布団のへりが動き、そして、そこから弱々しく、かつてはあれほど太くたくましく、力にみちあふれていた、皺深く老いた腕がのびてきた。それはまるで、なにものかをつかみとろうと必死にあがく、溺れかけた人のようにさえ見えた。

「グインか……」

弱々しい声が、最初はかすれて、それから二度目はかなり激しさを増して呼んだ。

「グインか。グインなのか。──本当に、お前なのか。──信じられぬ。これはまだ、夢をみているのではないのか。……いくたびもいくたびもわしはこのとおりの夢を見たのだよ。小姓がやってくる──そして、何よりもわしの待ち焦がれていた知らせを告げる。グイン陛下、ただいまご帰国されました、と……それで、夢かとばかりわしは喜び、そして身をおこして、お前を見ようとする──すると……」

「陛下……」

「何のことはない。それもまたやはり夢まぼろしだったのだ。それは一瞬にしてかき消えてしまい、あとにはいっそうむなしさと苦しみだけが残る。——ああ、わしのただひとりの息子は、いまごろどこで、どのような憂き目をみているのだろう、いったいどこにいて、どのような人々といるのだろう、という……この数ヵ月のあいだに、なんという、ありとあらゆる苦しみをわしは経験してしまったことだろう。これほどの妄執をわしはおのれが持っていようとは知らなんだ。妄執、というしかなかったかもしれぬ。——まさしく、妄執とは、これであったかもしれぬ。これに匹敵する苦しみというものは、わしはこれまでの短からぬ生涯にただひとつしか知らぬ——すなわち、あのときだ。オクタヴィアの母親——わしが生涯にただひとり本当に愛した女、ユリア・ユーフェミアが、臨月も間近くなって突然悪漢どもに拉致され、それきりすがたをくらましてしまったときだけだ」

「陛下」

ハゾスにさらにうながすように背中を叩かれて、グインは、つと、前に歩み出た。

「まことに——まことに長いあいだ、ご悲嘆をおかけ致した不忠、くれぐれもお許し下さいませ。ケイロニア王グイン、ただいま帰国いたしました」

「グイン——」

なおも、まるでこれもまた一夜の夢としてあっけなく消えていってしまうのだろう、と疑うように、アキレウス大帝は、まだ目をあげてこちらを見ようとしなかった。

そのしわぶかい顔は、かたくなに目をとじ、その手は渇仰するようにこちらにむけてさしのばされてはいたけれども、まだ、うかうかとその手にのって目を開いて見てしまっては、またしても一瞬にしてすべてが夢まぼろしと消滅してしまうのだろう、というかのように、グインを見ようとしていなかった。

グインは、寝台のかたわらに、膝をつき、そして、その、しわぶかい老帝の手をそっととった。それは確かに、グインがパロ内乱に介入せよとの許しをうけてケイロニアを進発したときに記憶しているよりも、はるかにしなびて、細くなり、そしてしわも増え、なによりも白い寝衣の袖から出ているその手は土気色であった。

その手を、グインがかたく握りしめたとき、ふいに、老帝はかッと目を見開いた。

「グインか！」

いまはじめて、気付いたかのような声が、老帝のひびわれたくちびるから漏れた。

「グインなのか！　本当に——本当に、わが子なのか！　帰ってきたのか。今度こそは、夢でもなく、まぼろしでもなく——まことに戻ってきたのか。息子よ——わが子よ……」

「はい。陛下」

グインは声を励まして答えた。

「ただいま、パロより帰着いたしました。長いあいだ御不自由をおかけ致しましたこと、いくたびお詫び申し上げようとも、申し尽くせるものではございませぬが、まずは、このとおり無事で元気に戻って参りました。長々との不在、どうかお許しをたまわりますよう」

「この声は、なにものだ？」

アキレウス大帝はかよわい声でつぶやいた。

「この声は聞き覚えがある――グインの声だ。この手は――わしの手をしっかと握り締めるこの大きく、力強い手は……これはグインの手だ。そして――この――おお、どうして見間違うはずがあろう！　この姿は、この顔は――この豹頭をどうして見間違うはずがあろうか！」

「はい、陛下――」

「グインだ。――グインが帰ってきたのだ！　まことに――本当に、まことに……」

アキレウスは叫んだ。その叫び声さえも、まことに弱々しかったが、しかし、明らかに、さきほどの力ない、あたかも瀕死の病人の夢うつつのくりごとのような声とははっきりと違いはじめてきていた。大帝は力なくもがき、懸命に布団をはねのけようとした――たったそれだけの重さをさえ、はねのけることが出来ぬまでに、かつて全軍に号令した大皇帝のからだは弱り切ってしまっていたのだ。

「グインだ――おお、間違いようもあるはずはない――それとも、このたびもまた、こんなぬか喜びだけを残して消えてしまうのか？　これもまた、これまでわしを襲った幾多の真夜中の夢と同じように、わしににがい失望と、いっそ夢見なければよかったという思いだけを残して消えていってしまうのか？」

「決して、消えることではありませぬ」

グインは保証した。

「なかなかどうして、このグインが消えるためには相当な魔道なりなんなりが必要かと。――ケイロニア王グイン、ただいま帰って参りました。もう、決して、おそばをはなれはせぬ。長いあいだ、御心配をおかけしてしまった――ハゾスにクリスタルでおんいたつきときかされてより、ずっと心をいためておりました。陛下――父上――グインは、ここにおりまするぞ」

「おお――！」

アキレウスは叫んだ。

ようやく、これはすべて、夢まぼろしなどではないのだ、という思いが、胸にしみこんだかのように、いきなり彼は布団をはねのけ、そしてなんとか身を起こそうとした。

だが、じっさいに大帝は長い、長いあいだにわたってきわめて病あつかったのだった。いっときには、まことに、このままみまかってしまうのではないかと、ケイロニア宮廷のすべての重臣がひどく心をいためたほどにも、病あつかったのだ。

ときには、ひとは——ことにきわめて愛情深い、しかもあまりこれまで愛情に恵まれずにきた人は、まれではあろうとも、苦しみと煩悶と悲嘆のあまりに息絶えてしまわぬものでもないのではないかと、人々が案じておろおろとかけまわるほどに、アキレウス大帝の病は篤かったのであった。

「陛下は、いっとき、まことに、もはやこれはいますぐグイン陛下が戻られぬかぎり、ご臨終にさえ間に合わぬのではないか、とみなのものがひそかに痛恨するほどにも、お悪かったのでございます」

ハゾスがそっとグインにささやくように云った。

「もう、何も召し上がらず、ただ水を少しばかり欲しがられるだけで——なんとどのようにおすすめしようとも、まったく食物をとっては下さらず——宮廷医師団も、最大の問題は、陛下がすっかり『生きる気力』を喪ってしまわれたことであると断言いたしました。そして、本当にごくごくまれではあるが、悲しみのゆえにだけ、どこにも障害はなくとも、ひとは死んでしまうこともあると——わたくしは、それを聞きまして、これはもう、何があろうともグイン陛下をお迎えにゆくこそ、宰相としてのこのわたくしの最大かつ火急の役目であると確信したのです」

「おお……グイン……」

アキレウス大帝は、じっと、グインの手を握りしめたまま、ひたすら、その手をはなしたらグィンが消えてしまうのではないかと不安になってさえいるかのようであった。

まるで、そのようすは幼な子が長いあいだ戻ってこなかった母がついに戻ってきたことに夢中になってすがりついているようにさえ見えて、ハゾスのひそかな涙を誘った。

（やはり、俺以外のものには、まずはこの対面のあいだはご遠慮せよと申しつけておいてよかったのだな！）

ハゾスはひそかに心のなかでつぶやいた。

（大帝陛下のこのようなおすがた、何もかもむきだしのようなおすがたは、ほかの誰にも見せたくはない。――いや、もう、こうしてグィン陛下が戻ってこられた以上、大帝陛下はすっかり安心なさってこののちは、こうしたところもお見せになるようになるかもしれないが――少なくともいまはまだ、部下たちの前では、このようなあけっぴろげなところはお見せにならないでいただきたいものだ。――権威が失墜する、などとは俺はまったく思わないが――それよりもむしろ、なんだか、俺としては……陛下のそのような素直なお気持を守ってさしあげたい、という気持なのだな）

「グィン……無事であったか。――どこも、いたつきはせなんだか。怪我をした、というように聞いたと思うが……また、記憶を喪った、というような話もきいた。いつ、どのような話を、誰からきいたのであったかは、すべて――忘れてしまった。このところ、ずっと夜も昼もなく、カーテンをしめきり、室を暗くさせて、夜も寝られず、昼も起きられもせず、いつおのれが眠っているのか、目覚めているのか、辛い苦しい夢をみているのかさえもわからず、鬱々として過ごしていたものだから、いったい何日たったのかも、いまはいつで、何時で——朝なのか昼なのかさえもわからなくなってしまった。——そのような辛い日々のなかで、確かに何回か、そのような報告をハゾスからも受けたと思うのだが……」

なかば、夢見るように、アキレウス帝がいうのをきいて、思わず、グインはハゾスをふりむき、ちらりと目を見合わせた。

ハゾスはいささか沈痛なおももちで、かるくうなづいて目を伏せた。——さよう、アキレウス帝が、望みをかけた《一人息子》が失踪した、という知らせをうけて、最初のうちこそなんとかかろうじて痛々しく気丈にその衝撃を受け止めようとしていたものの、その失踪が長引き、何の手がかりもない、という状態がどんどん長くなってゆくにつれて、老齢の帝にとっては、それは著しく生きる気力をそぐいたでであったばかりではなく、いささかならず、その老いた英明な頭脳にも衝撃を与えていたようであった。

ハゾスはあえてそれについては、ショックを与えまいとグインには何も説明しなかったのだが、ときたま、ハゾスがパロにたつ前のもっとも大帝の病が重くなっていたころには、ときたま完全に意識が混迷し、かたわらにきたハゾスに対して「グインか。遅かったな——ようやく、戻ってきたのか」などと口走ることもあれば、また、グインが失踪している、という苦痛な事実をその老いた頭脳がなぜか消去してしまい、「いますぐにここにグインを連れて参れ」と言い張って小姓たちを途方にくれさせる、というようなことさえもあったのである。

それゆえ、ハゾスはうつむきながら、なんと説明したものかと沈痛に目をふせていたが、しかし、ふいに、大帝は目をあげた。

「グイン。——そこにおるか」

「御意」

「そこにおるのか。おるのだな。——では、パロから戻ったのだな」

「は。ただいま帰参つかまつった」

「長かったな。どうしておった」

「それは……なかなか、ひとことではお話申し上げるのもはばかられるほどに」

グインは考えながらひとことひとこと、ゆっくりと口にした。

「それに、とても長い物語にもなろうかと。——今宵はもはやきわめて深更、陛下には、そろそろ御寝あそばされなくてはなるまいかと。——それに、だいぶやはり、陛下はお疲れにもなられ、衰弱もされておられる御様子だ。しっかりと召し上がり、たくさんお休みになり、お元気になっていただかねばならぬ。陛下がそのように病みついておられると、大ケイロニアもさながら太陽が雲に隠れた日中の如く、生気も喜びもかき消える。

か」

——明日よりは、よろしければこのグインが、お手づから陛下にお食餌を養い申そう

「何をいう、グイン」

ふいに、アキレウスの老いた目に光がよみがえった。

「このわしを寝たきりの病人扱いいたすのか。——とんでもないこと、ただたまたま、いささか風邪を、そうだ、風邪を引き込んでな。だがこのとおりの老齢となると、なかなかに回復も思うにまかせぬ。それだけのことだ——いささか食欲も鈍っておれば、夜の目もなかなか寝付けなかったが、もう、大丈夫だ。もとより、そんなたいしたたいたきであったわけでもない。ひとを、病人扱いすなよ、グイン。お前こそ、体に何も異常はないのか。長旅で疲れてはおらぬのか」

「俺はこの三昼夜でパロよりサイロンへ、駆け抜けてきた」

グインは笑った。

「いささかの疲れも覚えてはおらぬ。陛下のお元気なるご尊顔を拝することこそ、われにとっての何よりの元気の源、いざ、俺に元気をたまわり給え。ケイロニアの獅子よ」

第二話　歓喜のサイロン

1

そして、いまや全ケイロニアは、おおっぴらに「豹頭王帰還！」の歓喜をわかちあえることとなった。

これまでにも、豹頭王がそのようにして長い不在から帰還したことはいくたびもあった――ひとたびはかの、アキレウス大帝の意にそむいてまで敢行したユラニア遠征からの帰還であったし、またひとたびは、シルヴィア皇女を首尾よく黒魔道師の陰謀から取り戻してのキタイからの帰還であった――しかもそれには、オクタヴィア皇女一家をともなって、というおまけまでついていたのだが。それらはいずれもずいぶんと長い不在であったし、ケイロニアのものたちに歓呼と嵐のような歓声とで迎えられたのだが、しかし、かれらの歓喜がこれほどの勢いに達したことは、さしもの豹頭王にせよ、これがはじめてであるとは認めざるを得なかった。

それも当然であった――ユラニア遠征からの帰還は、一方では、アキレウス大帝の命令に公然とそむいて、という危機をはらんでもいたし、また、キタイからの帰還はいうなれば、豹頭将軍がただ単に忠実にアキレウス大帝の命令をはたしての帰還であった。いずれも輝かしい凱旋ではあったけれども、いわばそれだけであった――ユラニア遠征からの帰還にいたっては、もしやその命令違反を怒ってアキレウス大帝によって罰を受けるのでは、というおそれが、逆に「黒竜将軍に任ずる」という、大帝の太っ腹によって、ようやく歓喜に転じたのであった。

だが、今回はまったく事情が違っていた――何よりもまず、それは、出発は大帝の許可を得てのパロ内乱への介入、という公式のものでありはしたが、それまでの二つの大きな遠征よりもずっと、豹頭王の不在は長期間に及んでいた――そしてまた、ユラニア遠征の折やキタイからの帰還の折とはことなり、グインはすでに単なる黒竜将軍などではなく、まぎれもない「ケイロニア王」であった。

この「ケイロニア王」という称号そのものが、本来帝制であるこの国家には相容れぬものであり、もともとはいくつかの例外をのぞいて存在していなかったものであった。それをあえて、しかもどこからきたとも知れぬ豹頭異形のこの女婿に、アキレウス大帝がこの称号を古ぼけて書庫の隅でほこりをかぶっていた長いケイロニア皇帝家の歴史のなかから引っ張り出して授けた、というのは、結局のところ、長いケイロニウス皇帝家の血統を最も重んじるケイロニアにあっては、所詮、いかにアキレウスの最愛の娘婿であろうとも、正式にアキレウス帝の後継者となってケイロニア皇帝を継ぐ、というのは決してかなわぬことであったからである。

だが、シルヴィア皇女が女皇帝となってケイロニアを支配し統治する、というのは、早くから、シルヴィア皇女の人柄と能力とからいって、まったく好ましくない、無理なことであるばかりか、皇女自身もまったくそれを望まず、さらにいうならそのようなことがおこったあかつきには、ケイロニア全土に大変な混乱と悲劇がまきおこるかもしれない！　とさえ、誰もが予想するところであった。といって、いかに年齢的には「長女」であるとはいいながら、妾姫であるユリア・ユーフェミアの子であるオクタヴィアを女皇帝につけるのは、シルヴィア皇女をさしおいてあまりにはばかられる。

もしもオクタヴィア皇女の子供が男児でさえあったならば、問題なく、グインが大公となってそのうしろだてに立ち、その子が成人するまで、立派なケイロニア皇帝となるべく守り育てることで決着したであろう。だが、あいにくとオクタヴィア皇女の子供は女児である上、聴力に障害を持っていた。その上に、これは公開出来ぬことであるが、父親が「本当はパロの王子である」という、ケイロニアにとってはすこぶる重大な難題がある。

しかも、いまの情勢からゆけば、もとササイドン伯爵マリウスこと、パロ王子アル・

ディーンは、一般的に見ればどうあっても残された唯一のパロ聖王家の男子として、パロの王太子にたち、いずれはパロ国王となる身――とみるのが妥当である。大ケイロニアの女帝の父親が、現在のパロ国王、というようなことになってしまえば、どうあっても、ケイロニアはパロに対して特別な関係を持たぬわけにはゆかぬ。しかもそのパロは現在、非常な困難な立場にあり、国力は疲弊しきり、多大な援助や後援を必要としていることは明らかなのだ。

それはいずれまあ、マリニア皇女が成人するまでには解消されるかもしれぬ問題であるにせよ、解消されるかわりにもっとひどくなる、という可能性もないわけではなかった。そう考えれば、ケイロニアとても、マリニア皇女がケイロニアの女帝としてたつ状況、というのは出来うれば避けたいものであるのは確かであった。

そうしたもろもろの事情をかんがみるに、ケイロニアにとってもっとも理想的であるのは、つまるところ、グインが「ケイロニア王」という、この実際にはあまり意味をなさぬ、だがそれだけにいっそう、ある意味どのような実体をももちうる称号において、アキレウス老帝を補佐し、そしていずれは「次のケイロニア皇帝」を後見人、摂政として力強く支えてくれる、ということであった。この「次のケイロニア皇帝」は最悪マリニア姫としても、出来ることなら、「シルヴィア皇女とのあいだに、男児を……」という悲願があったのは、いうまでもない。それならば、万世一系、というケイロニウス皇帝家の国是も守られ、しかもアキレウス帝がもっとも信頼し、また全国民、重臣たち、十二選帝侯会議にもこよなく信頼され、十二神将騎士団からは偶像として崇拝されるグイン王が、アキレウス帝の跡目を事実上継いで大ケイロニアの栄光を守る、ということが可能になるのである。

そのような事情があったから、この「ケイロニア王」は、実質的にはすでに「ケイロニア皇太子」とほぼ同じ意味合いをもっており、そして、アキレウス老帝が、めっきりと急速に老け込んできたいまとなっては、事実上「皇帝代理」の意味をさえ持っていた。その、それほどに重たい意味をもつ存在が、こともあろうに「行方知れず」になっていたのである。

キタイにいっていたときにも、ながらくグインからのたよりも、どこでどうしているという知らせなどもあったわけではなかったが、それでも、「キタイにいるのだろう」というだけの漠然たる考えは持つことが出来た。だが、今回は、正真正銘の「行き方知れず」であり、それについては何の手がかりひとつ持つことが出来なかった。

ようやく、やがて多少の手がかりが入ってきたが、それは逆に「グイン陛下、記憶喪失の疑いあり」という、きわめてかんばしくないものであり、ひどく帝とその腹心たちを困惑させる知らせを含んでいた。記憶喪失とは！　そのような、いささかいかがわしい病はまったくこの偉丈夫に似つかわしくなかった。

といって、誰にならばふさわしかったか、というようなものでもないが、少なくとも、グィンが戦争で負傷した、ときかされるほうが、「記憶に障害を生じた」などといわれるよりは、よほど納得がいったであろうし、また、「グイン陛下に限っては、すぐに回復されるであろうし……」といった安心感をも、得ることが出来たであろう。それは武人にとっては、まあ当り前というか、職業的なリスクであるといってもいいものであった。だが、記憶喪失である。

ハゾスも、ほかの重臣たちも、この事実をいったいどのように取り扱ったらいいのか、どのように受け止めていいのか、ひどく困惑しながら、その報告を吟味し続けていたのであったが、しかし、パロにむかったハゾスから、「陛下のご記憶はおおよそ異常なきものと思われます」という報告が届いて、ようやく重臣たちは愁眉をひらき、胸をなでおろしたのであった。まさしく、そうでなくてはならなかった。グインには、そのようなあやふやな、奇妙な病はあってはならなかったのである。

それゆえ、まさに、ようやく祝祭は完璧なものになりつつあった。グインは、ハゾスがもくろんだとおり、いったん深夜に黒曜宮に入り、アキレウス帝にひそかに対面してから、あらためて翌朝早くにまた風ヶ丘を出、サイロン市外に待たせてあった「出迎え」の人数と合流した。ディモスに預けられた残りの二千人の騎士団は、やはり深夜になってからゆるゆると双が丘の訓練用の別宮にはいり、そこで待機の一夜をあかしたのだ。

ハゾスをともなったグインがそこでかれらと合流してから、かれらは、あらためてサイロン市内を通り抜けて、いわば、重臣たちに負けず劣らず心配していたサイロン市民たちに「豹頭王無事帰還！」の顔見世をしつつ、悠然と黒曜宮を目指すことになったのだった。そこでは、アキレウス帝以下のものたちが、時やおそしと豹頭王の到着を待ちかまえ、宮廷前の大広場で盛大に再会が祝されてから、あらためて謁見の間で帰国の報告が行われることとなっていた。

そう、特筆すべきは、アキレウス大帝の回復ぶりであった。一夜、ついに最愛の《わが子》が帰国した、という喜びに、逆にまたしても寝られぬ夜を過ごしたあと、ケイロニアの老いた獅子は、突然に、驚くべき回復力で、すべての力を——とは云わぬまでも、ほぼ七割がたの生命力をよみがえらせたかに見えた！

それはまさしく、驚くべきことであった——それほどに、ひととは、精神の作用によって病みもし、またその病から、医薬のおかげによることなく、一夜にして回復することもあることなのか、と医学の神カシスその人も瞠目せざるを得ないだろうほどに、またたくうちにアキレウス帝の容態は快方に向かった。

事実、いっときは、もはや崩御はまぬかれぬところか——あるいは、なんとか持ち直したにせよ、老耄してものの役にはたたぬようになってしまうか、とまで、人々をいたく心配させたことが嘘のように、帝はあっという間に、持ち前の頑健さと壮健さと、そして強烈な気力とを回復していた。何よりも大きかったのはその気力の回復であったことは疑いをいれなかった。

　ずっと、もう何日も、わずかばかり水をせがむほかには、スープでさえのどを通そうとしなかったアキレウス帝は、グインが、今夜ばかりは特別であるからと、帝の寝所のなかに寝椅子を持ち込ませて夜伽にたったその夜のうちに、「スープでも持ってきてくれ」と小姓に命じて、報告を受けたハゾスをいたく喜ばせた——そして、すこぶる滋養分にとんだスープを飲み、さらに添えられていたかるやきパンまで食べた帝は、かたわらに最愛のケイロニア王に見守られつつ、かつてなかったくらいぐっすりと眠った——そして、あくる朝、目がさめるやいなや、口にした言葉は、「グインはいるか」というものと、そして「腹が減ったぞ」というものであった。

　本来アキレウス帝はきわめて頑健でもあれば、はえぬきの武人でもあって、その健康には保証つきであった。何回も戦場に出て大怪我をすることもあれば、ひとたびはマライア皇后の陰謀によって毒を飼われ、命の危険にさらされもしたが、それらからすべて苦もなく生還し、そして年齢のわりにはごくたくましく若々しい体格を保っていた。ことに、ひたすら、このたび帝を打ちのめしたのは、「すべての希望がついえてしまった」という事実だったので、その希望がよみがえりさえすれば、あとに残っているのはただ、長いあいだ、うちのめされてまともに食事もとらず、睡眠も出来なかったという衰弱、それだけだったのである。

もっとも、老齢は老齢であったから、さすがに、ただちに病床から跳ね起きて元気よくもりもりと朝食を山のようにたいらげる、とまではゆかなかった。だが、帝はいつもどおり朝食を要求し、そしてそれを、無理をせずゆっくりと、おのれの長いあいだの不摂生ですっかり弱りはててしまった胃袋をだましだまし、柔らかい滋養のあるものを中心にきちんと食べた――ちゃんと、いくぶん少な目にしておくだけの分別もあった。

そして、それがなんとか、久々に食物を得た胃の腑に無事に落ち着いた、と見極めたあとには、もう、そろりそろりと立ち上がって室のなかを歩き回ってみるほどにも、気力が快復していた。もっとも、足はかなり弱ってしまっていたので、まだ謁見の間におのれの足で向かって、グインの帰還を迎えるまではゆかなかったが、車椅子で運ばれて、毛布に包まれたままではあったがともかく元気をとりもどしたすがたをケイロニア宮廷のものどもに見せるくらいの力は、充分に取り戻してきたのであった。

そして、それはどんどん、回復に向かうであろうことは疑いをいれなかった。

「すごい」

ひそかに、ハゾスはグインに感嘆して囁いたものだ。

「すごいものです。もう、大帝陛下のお目の色も、お顔色も、昨夜とはまるきり違っておられる。それ以上に、わたくしが陛下をお迎えにパロに出立したみぎりとはまるで別人でおられる。――あのときには、いまパロにたてばもう、生きておられる大帝陛下にお目にかかることは不可能なのではないか、とさえ思えました。――グイン陛下の、大帝陛下の《お薬》としての効果たるや、たいへんなものでございますな」

「有難いことにな」

グインは笑った。こちらは強行軍などものの数でもなく実に元気一杯で、内面にいささかの鬱屈をかかえていることなど、誰にも感じさせなかった。

「そのように迎えていただければ、本当にこちらとても、無事戻った甲斐があったというものだ。――それにとにかく、何をいうにも陛下こそが、ケイロニアの太陽でおられるのだからな。陛下がご息災であられれば、ケイロニアは安泰というものだ」

「そして、その陛下が息災であられるための最大のお薬はグイン陛下なのですからね」

ハゾスも笑った。

「ですからもう、これからは――たいがいのことでは、ケイロニアをお離れにならぬようにしていただきませんと。――これは御不自由であろうと、我々臣下からも重ねてお願いしたいところです。こののちは、このような長期にわたりそうな遠征には、どうかゼノンなり、ほかの将軍なりをお用いになりまして」

「そうだな」

グインは云った。だが、グインのなかにわだかまるひそかな鬱屈――そのひとつはまぎれもない、「記憶の修正」についての、グインにしかわからぬものであったが、もうひとつの、もっと公然たる「鬱屈」のほうは、ハゾスも実は共有していたのであった。

「もう、その――失礼でございますが、その、王妃陛下には――お会いになられましたか?」

誰もいないおりをみはからって――それはこのあわただしい一日のなかではなかなか大変なことだったのだが――そっとハゾスは囁いた。グインは一瞬、たじろいだように、もしも彼が豹頭でなかったならば「苦い顔」と呼べたであろうような、かすかな渋面をつくり、それから黙って首を横に振った。

「はあ……」

ハゾスは云いたいことばをぐっと飲み込んだが、こんどはグインのほうから、ハゾスに問うた。

「何か、あれには、不都合でもあったのかな?」

「は――」

一瞬こんどはハゾスが激しくたじろいだ。だが、彼はかろうじて微笑してみせた。

「何故、そのようにお考えになりますので」

「いや――まあ、何か機嫌を損じているのだろうか、と考えたまでだ。あまりに長いこと、俺が不在にしていて、しかも昨夜戻りながら、ただちに奥におもむかず、陛下の部屋に夜伽したことが伝わって、あまり愉快でなかったのだろうか？　今朝はまあ、普通ならば――当然、陛下への朝の御挨拶を申し上げた折に、顔をあわせることか、あるいはその前にこちらに何か連絡でもあるかと思ったのだが――彼女は、こちらから出向いて、礼を尽くして長い不在をわびるのが当然だ、と考えているのだろうか？　女心というのは、それが当然であるようなものか？　いや、なに、ハゾス」

グインは、もうそのときにはほかのものがごく短い休息の時間をさえさまたげるように次々と入ってこようとしていたので、あまりそれ以上は話せぬ、というようすをしながら、ハゾスに向かって首をふってみせた。

「俺には、所詮、女心などというものはかいもく見当がつかぬものでな。――たぶん普通の男よりも、俺はもっとずっと女心に対してう
とい
のだろう。だが、まあ、あえていうならば、なんとかそれは彼女に許してもらうほかはないのだが。なんといっても俺は武辺一辺倒の野人であった上に――何をいうにも、豹なのだからな」

「おお、陛下」

ハゾスは笑っていいものかどうか、ちょっと迷いながら、思わず口もとをゆがめた。だが、ハゾスのほうはもうちょっと内実を知っていただけに、その内心には相当に複雑なものがあった。

しかし、もはや、豹頭王の無事の帰国を祝う催しは次々とすすめられつつあって、もうかれらはそれ以上その話題にふれているいとまはなかった。もう、それ以上は、二人きりでいられる時間もなかったし、人前で出来る話題でもなかった。だが、むしろ、その行事があれこれとつつがなく進んでゆくにつれて、実際には、何か微妙な《異変》がおこりつつあることは、人々には、ひそかにどうしても知られぬわけにはゆかなかったのである。

（王妃陛下は、どうなさったのだろう？）

（また、御不例なのではないか）

（いや、しかし、いかに体調がお悪かったところで、なにせ、背の君がこれだけ久々にお戻りになったのだぞ。――多少のことはおして出てこられるのが、奥方のつとめというものではないか？　それとも、それだけのおつとめさえなされぬほどに、体調を崩しておられるのだとしたら、むしろ……）

かまびすしい宮廷すずめたちは、ひそかにごそごそと、廊下の片隅や控えの間の隅っこで、誰にもきかれぬように頭をよせあつめて囁きあっていたが、それについては、しかし、実際には何も知らなかったのはグインただひとりであったので、そのひそひそ話にせよ、むしろ「豹頭王陛下にだけは絶対にきかれてはならぬ」という、妙なつつしみに満ちていた。もっとも、じっさいにはその宮廷すずめたちのなかにも、かなりの程度までおそるべき真実に肉迫している事情通もおれば、まったく流れている一番表面的なうわさをしか知らない金棒引きにすぎぬものたちもいたのだが。ただ、いずれにもせよかれらがひそかに知っていたのは、「ケイロニア王グイン陛下の王妃シルヴィア陛下の身の上には、何かとても大きな不都合が起きている」ということであった。

　そしてまた、誰もが知っているとおり、それは、悲しむべきことに、これが最初でもなく――おそらくはこれが最後でもないはずであった。シルヴィアはしょっちゅう、あれこれの気まぐれを起こしていたし、その最大の口実には何のためらいもなく体の不調を使った。本来ならば、グイン王の不在のあいだには、どうあっても、王の代理をつとめるのは、その王妃であるべきところであった。だが、シルヴィアは、断固として、一切のその代理役をつとめようとはしなかった、というところですでに、ひそかなどころではない、宮廷じゅうの評判になっていたのであった。シルヴィア王妃は、グインの不在のあいだじゅう、ひたすら頭痛や胃のむかむか、食欲不振や睡眠不足を訴えて自らの城である王妃宮にたてこもった。いわば籠城していたのであって、めったなことでは人前にすがたをちらりとあらわすことさえしようとはしなかった。

　一切の公式行事に出ることを拒否し、また、これは特に黒曜宮の人々に非難されるもととなったが、病がしだいにあつい、アキレウス老帝を見舞うこともまったくしなかった。いっぽう、もうひとりの皇女であるオクタヴィアのほうは、見舞うというような話ではなく、ずっと老帝の寝所につめっきりで——といって、幼い娘がいたから、むろん朝から晩まで、父にだけかかりきり、というわけにはゆかなかったのだが、もともと、アキレウス帝のほうは、出来ることならば黒曜宮と大ケイロニアの差配は頼もしい婿に譲り、自分は隠居所で愛娘のオクタヴィアと、最愛の孫のマリニア姫とともに仲良く、ゆったりと自由に暮らしたい、という意向で、光ヶ丘に隠居所を建てさせていたのだから、オクタヴィアが帝の身辺の世話をすることは、むしろ当然の彼女の権利でもあれば、義務でもあるとみなされるようになっていた。その義務をオクタヴィアは、ただひたすら嬉しい権利であるように機嫌よく、つねにかわらぬ忍耐と辛抱をもってしたので、いっそう、シルヴィアの立場を悪いものにした。

グインの長い不在が、老ケイロニウスのその老後の楽しい計画を台無しにしたのであった。アキレウス帝は、ケイロニア王の長すぎる不在に、国が乱れることをおそれて、また隠居所から黒曜宮に戻らなくてはならなかった。そして、実際の国政は敏腕の宰相ハゾスが仕切っているから何の心配もなかったのだし、軍のことは十二神将が、そして政治むきのことも、いざとなればハゾスは、彼の絶対のうしろだてである十二選帝侯会議を当てにすることが出来たのだから、アキレウス帝が直接に指揮をとらなくてはならぬ必要性はあまりなかったが、それでも、国というものは、それをしっかりと「現実に統治している君主」を必要とするものなのである——ことに、ケイロニアのような、武張った国はそうであった。

何も特に決めることがあるわけではなくとも、ケイロニアは、毎朝謁見の間に出座しておおように手をふり、重臣たちにうなづきかける、偉大な君主の存在を必要とした。グイン王は自らさまざまなこまごまとした決定を下し、よく勉強し、どのようなケイロニアの国政上の問題にも精通するようになっていたが、アキレウス帝はもう、あるときから「老齢」を理由に、国政の大半はハゾスとその下部組織に、そして軍のことは将軍たちにまかせていた。それでもケイロニアに限っては国が乱れるおそれはまったくなかったのは、それまでの長い治世のあいだに、アキレウス帝の権威は隅々まで浸透していたからである。

だから、帝のもっともやるべきことは、毎朝あらわれてその健在を示し、そして今日もまたケイロニアの太陽は無事に昇ったのだと、あまねく国内に示すことだけ、といってもよかったが、しかし、日がたつにつれて、帝はまさにその朝の謁見の行事がもっとも苦痛にもなっていったようであった。

それでも帝はさいごまで、それだけは――たとえ五タルザンにすぎないとしても、なんとか謁見、外国使節の接見の行事を続けようとしたが、それもさいごに気力が崩れおちてしまうと、もう、老齢だけに続けることが出来なかった。

そして、そうなれば当然、その役目は、本来ならばグイン王が代行すべきところであったし、事実、王がいるときには、もうそれはほぼ九割がた、王の役目に移り変わっていたのだ。そして、その王が不在なのであるから、当然それはその王妃が代行すべきだ、と考えられたのだが――

しかし、本当のところ、シルヴィア王妃がそのような重大な任務を無事にやってのけられる、と期待しているものは、宮廷にはほとんどいなかったので、誰も、シルヴィア王妃を無理やりにその毎朝の公式謁見、接見に引っ張り出そうとも思わなかった。ハゾスがひそかにディモスにいったとおり、「もし万一、外国使節の前でおかしな態度をされてみろ、国の恥だ！」というものだったのである。それを思えば、シルヴィアも、身から出た錆とはいえ、なかなかに気の毒な境遇ではあったのだ。

2

しかし、そのようなわけで、シルヴィア王妃の不在は人目をひきもしたし、ひそかに宮廷すずめたちのうわさをまきおこしもしたが、おおっぴらには何ひとつ云われなかった。それを口にしたら、グイン王に対して非常な不忠をおこなうことになる、というかのようにケイロニアの宮廷人たちは、懸命にそれについては、公の席や、グイン王の耳に入りかねないところでは口をとざしていた――むろん、かげのほうや、裏のほうでは、当然その限りではなかったが。

そして、その分いっそう、王妃の不在から人々の目をそらしたいかのように、豹頭王の無事帰還を迎えた祝典はつつがなく、盛大に、そしてにぎにぎしく行われていた。

さすがに昨日の今日では、いかに元気を取り戻したとはいえ、老齢でもあって、アキレウス帝もその祝典に最初から最後までしゃんとして威儀を正して出席する、というような体力は戻っていなかった。帝は本当はそうしたがったが、まわりのものや宮廷医師団があわててとめたのであった。そのかわり、帝は、最初にごく短いあいだ、すっかり痩せてしまったからだを分厚い毛皮のふちどりのついた大帝のマントにすっぽりとくるみ、久々にケイロニアの大宝冠をかぶった威厳あるすがたを謁見の間にあらわして、重臣たち、宮廷びとたちの大喝采と大歓声で迎えられ、「わが子、ケイロニア王グイン」のサイロンへの帰還を人々に報告した。そののち、グインがこれもケイロニア王の正装に威儀を正して登場して、アキレウス大帝と並んだすがたを見せて、ケイロニア宮廷を安堵させた――そのまえに、むろん、サイロン市内を練り歩く「顔見世」が行われていたのである。

そうして、その後、アキレウス帝はその場の主役をグインに譲ってただちに寝室にひきとったが、午後にはまた、ちょっとのあいだではあったが、黒曜宮のバルコニーにグイン王と並んだすがたをあらわして、そこに祝いのためにわざわざサイロンから大勢詰めかけた、サイロン市民たちの前に手をふって歓呼にこたえ、サイロンと、そしてケイロニア帝国の末永い安泰と平和と安寧とを約束したのであった。

サイロン市民は熱狂していたし、それよりもさらに、すべての騎士団は半狂乱にケイロニア総帥でもあるグイン王の帰還を歓迎していた。明日には、グイン王の臨席のもと、盛大な観兵式が行われる予定になった――それは、膨大な数のケイロニア陸軍、十二選帝侯騎士団、そしてほかのあまたの騎士団がすべて健在であり、グイン王のもとにあらためて忠誠を誓うための壮大な儀式であった。むろん、急場のことであったから、各部隊からは代表者が派遣されるだけで、全員が揃うわけではなかったが、それでもたいへんな式典になることは予想された。

そうして、その熱狂を受け止めて、早速に、グインは帰国後の疲れをいやすいともなく、あれこれのこまかな雑務、公務に悩まされることになりそうであった。

「本当は、ごゆっくり休んでいただきたいのはやまやまなのでございますが……」

ハゾスはいささかすまなさそうにグインの執務室に、ようやく顔見世からひきとってきて、遅い昼食をとっているグインの前にあらわれてわびた。

「なにせ、お決めいただかなくてはならぬこと、お目通しいただいて印をいただかなくてはならぬこと——あれやこれやご相談いたしたいことなど、山積になっておりまして。しかし、せめてお食事のあいだだけでも、そんな煩雑なお話は避けたいものですが……」

「かまわぬさ、ハゾス」

グインは豪快に、用意された、薄焼きパンに焼き肉をはさんだ軽食を頬張りながら云った。

「俺はもとより大帝陛下の補佐が任務、そのようなことをしに帰ってきたのであって、本来王というのは国民のしもべのようなものだ。俺がそのようにして働いていればこそ、大帝にも安心してお休みいただける。案ずるな——というよりも、俺のほうこそ、俺のおらぬあいだに、あの問題も、この問題も、どうなったのかと気に懸かってならぬことがいろいろある」

「そう云っていただけますと――」

　ハゾスは破顔しながら云った。

「わたくしも少しは気が楽になるというものでございますが。――しかし、大帝陛下のめざましい限りのご回復ぶりには、廷臣一同まことにほっといたしました。このまま順調に食欲が回復されれば、あと数日もすればお元気に起きあがって平常どおりのお暮しに少しづつ戻られようし、そのままならもうあとものの十日とはたたぬうちに、完全にもとどおりのおからだになられよう、とけさがた主治医が申しておりました。――ということは、本当に、何から何まで、十割のうちの十割まで、結局大帝陛下のおんいたつきは、気の病、陛下がおられぬゆえの悲しみのお気持だけだった、ということで……」

「それほどに云っていただけることこそ、俺にしてみればいささかおもはゆい」

　グインは云った。

「俺など、それほど云っていただけるような何をしたとも思えぬし、どれほどお役にたっているとも思えぬのだが。――だが、そうして陛下がみるみるお元気を取り戻されるのを見ていれば、心から、ああ、戻ってきてよかった、ここがまさしく、俺のいるべき唯一の正しい場所なのだ、と思うことができる。――昨日は陛下のかたわらで、いつなんどきでも陛下のお役にたてるようにとは思いつつではあったが、俺も久々に夢も見ずとぐっすり眠ったぞ、ハゾス」

「さようでしたな」

ハゾスは急に慎重になりながら云った。

「昨夜は陛下は、大帝陛下のご寝所で寝椅子にお寝みになられたのでございましたな。――しかし、大帝陛下も安心された御様子でございますし……今夜は、御自分の御寝所に、お戻りになるのでございましょうね？」

「それはそうだ」

何をいっているのか、というように、グインは、ハゾスをトパーズ色の目で見た。

「他にどうすることもあるまい。それに――不例ならば不例で、そちらも一刻も早く見舞ってやりたいものではあるしな」

「はあ……」

ハゾスは急に言葉少なになり、そしてもう、それについては何も云わずに、今夜に予定されている、十二選帝侯、十二神将とそのおもだった副官たち、そしてケイロニア宮廷の重鎮たちを集めての祝賀の宴について、話をそらしてしまった。

さよう、だが、大ケイロニアは、すっかり息を吹き返したのであった。豹頭王グイン、ということの存在が、すっかり老いたケイロニアの獅子にかわって、大ケイロニアの心臓であり、それがたゆみなく脈打ってこそケイロニアは生き生きと元気いっぱいに生きて動いていられるのだ、とでもいうかのように、サイロンの市街までも輝きを取り戻したようだ——というのは、サイロン市民たちの口々にいっていたことばであったが。

むろん黒曜宮はなおのこと、いうまでもなかった。黒曜宮が輝きを取り戻し、生きる喜びを取り戻し、そして生き生きと動きはじめたことは、そのなかで働いているものたちが一番よくわかった。げんざいのあるじがいるといないとでは、これほどまでに宮殿全体の活力が違うものか、と誰もが驚いた。まったく昨日、一昨日と同じように忠実にはたらき、おのれの職務をはたしていても、それはもう、何から何までが、昨日とも、ましてや一昨日とも、そしてその十日前とはもっとずっと違っていた。人々はみるからに楽しげに歌を歌いながら立ち働き、おのれの職務を元気いっぱいに喜びをもってはたした——そして、日頃ならば文句たらたらのような重労働にも、きびしい任務にも、何も文句をいわず、朗らかに冗談をいいながら、今夜の宴会の準備に精を出していた。まだ、そこには外国の、サイロンに滞在している使節たちは招かれず、あくまでも内輪のものであったが、数日中には、今度は下級貴族から、産業関係の大物たち、大商人たち、そしてまた、外国の大使たちまでも招いて、盛大な、グイン王帰国祝いの大きな宴が張られることは確実であった。

その見通しは人々に活気を与えただけでなく、現実にもまた、沢山の品物が、酒から花々、食品からリネン類にいたるまでがあらたに発注され、新しく臨時雇いの人が雇われ、そして巨額の金が動き、ただでさえ忙しいサイロンにいっそうの活況をもたらしたから、グイン王の帰国がケイロニアに与えたのは、精神的な影響だけではなかった。もっとずっと具体的な、現実的な経済の動向も活気づき、わきたった。

ただちにサイロンの町なかでは、グイン王の肖像画がまたあらたに描かれて売られはじめてたいへんな売れ行きを呈していた。どの家のものたち、どの商家のものたちも、めでたく帰還したグイン王の幸運に、おのれの商売をあやかろうと、赤と金の額で飾られた豹頭王の肖像を買い込んで店先や店の奥、家のなかに飾りつけた。それと同時に、抜け目ない商人たちが、グイン王の無事帰還を記念するさまざまな記念品の発売だの、「無事帰還祝いの大安売り」だのを開始したので、サイロンは、一番の高級品店が並ぶタリース女神通りから、どんなに高くても半ランを越える品物が並ぶことはありえないごみごみとした下町のカンドン街、またもっともあやしげなタリッドのまじない小路にいたるまで、「グイン景気」にわきかえった。

それはさながら、時ならぬ新年か、さもなくば、皇帝即位何周年や、ケイロニア建国何百年、といった大きな記念祝典のようであった。そしてそれよりもずっと手軽で、喜ばしかった。肖像画だけでなくグインのお面だの、大きいのから小さいのまでのグイン王の彫像だの、またグイン王にあやかった商品の数々――「グイン陛下好みの火酒」だの、「グイン陛下ふう豹柄の帽子」だのといったいかがわしいものまでがたちまち店頭に、いったいどこから出てくるのだ、というような勢いで並べられ、そしてサイロンをヒョウ柄と、王家の象徴たる赤と金とで埋め尽くした。おかげで、まさにサイロン全市が、時ならぬ新年の祝いを迎えたかのようなにぎわいであった。

人々はそれらの品々を売ったり買ったり、また並べたり仕入れたりしながら、また街角に三々五々たむろしたり、茶を安く飲ませる街角の茶店であくことなく茶を飲み、茶菓子を食べながら、熱心につきることなく、豹頭王グインのパロからの帰還と、そしてその不在のあいだの不思議な出来事について想像力をたくましくしながら語り続けた。よほどの情報通のものであってさえ、たとえまじない小路の魔道師どもであろうとも、「本当にグインの身の上におきたことども」を想像できようはずとてもなかったが、それでも、さまざまな妄想がかけめぐり、ありとあらゆる揣摩憶測がなされ、とてつもない意見が出された。

グイン王はまた、キタイに行っていたのに違いない、と断言するものもいた。また、いや、違う、「王は実はずっと、パロという奇怪な伝統を誇る魔道師の王国のどこかの塔の地下に閉じこめられていたのだ」と力説してやまぬものもいた。それに賛同するものはけっこう多かったのだが、この説を採るものたちは、パロ王国が本当は、「中原の文化の中心」「文化と伝統の都」というふれこみにもかかわらず、腹黒い奇々怪々な魔道師どもが跳梁跋扈する、キタイよりももっとあやしげな国であって、その証拠に、グイン王が救助におもむいたパロ内乱というのもなんだかものすごくあやしげな、魔道師だの妖魔だのがたえなかったらしい話である。しかもあの国では宰相までが、魔道師宰相などといって、魔道をもって国をおさめているのだ、と断言した。

そして、グイン王は、迂闊にも――いや、かれらは崇拝していたので、「迂闊」というような、おとしめる言い方はしようとしなかったが、「まともな人間にならばまったく無理もない、防ぎようとてもない魔道師どもの陰謀」にひっかかって、魔道師どもに閉じこめられてしまったのだ。そもそも、パロの内乱だって、本当にそうだったのかどうか、その実態など知れたものではないではないか――もしかしたら、それとても、本当は、そもそもがグイン王という偉大で、魔道師どもをやみくもにひきつける「異常な力」を持っているらしい存在をパロに引きずりよせるためのワナだったのだ、とかれらは口々に云った。

「そうして、陛下はお気の毒にもパロのどこかのあやしげな塔の地下に閉じこめられてそこでずっと魔道師どもに、その豹頭の秘密を白状しろと拷問されていなさったのかもしれないぞ！」

「それを、ようやくのことで、陛下は御自分の力で脱出され、そこにハゾスさまやトール将軍がかけつけて、パロを懲らしてくれたので、やっとこうしてご帰国になられたのだ」

この話は、隣国でありながらどことなく敬遠されたり、そのあまりの国民性や文化的風土の違いから、妙にぶきみがられているパロ、という国の性質のせいで妙に現実味をおびていたので、信じたがるものも多かったが、一方では、グインをひたすら崇拝する連中は、この説がまったくの冒瀆であり、豹頭王という稀代の英雄をはずかしめようとするものだ、と力説してやまなかった。こちらの派からみれば、豹頭王陛下ほどの知略にすぐれた英雄が、そんな、たかが魔道師ごときの策略になど引っかかることなど、あるものではなく、逆に誰もが知ってのとおり、陛下はそのお力でもって混迷と混乱と破局のきわみにあったパロを内乱というよりも崩壊の淵から救い出され、そしてそのために今回のようなうきめにあわれたのであることは間違いない。それについてはむしろ、パロはグイン陛下のおかげでやっと平和を取り戻したのであって、たとえ魔道の国であろうともいまのパロにはグイン陛下を拘束しておく力などあるものか、というのが、こちらのものたちのいうことであった。

「ならば、いったい、陛下はこの長の年月、どこにおいでになったというんだ！」

「パロ幽閉」説をとるものたちが色をなして詰め寄ると、「パロの救世主」派たちは、それについてはまったく知識も手がかりもなかったのでいささか目を白黒せざるを得なかった。なかで、ちょっとばかり気の利いたものは、そっけなく答えた。

「そりゃもう、おおむね——ノスフェラスにでもおいでになったのかもしれないさね！」

「何を、ばかげたことを！」

反対派の連中は口から泡をとばさんばかりに叫んだ。

「いったい、陛下がどうしてノスフェラスにおいでになるんだ。そりゃ、陛下にたいしてあまりにも失礼というものだ。おおかたお前さんがたは、陛下があのようなおつむりをしておいでになるから、ノスフェラスからおいでになったんだ、というあの誰やらがいった根も葉もないうわさを信じているんだろうが、ノスフェラスにだって、ああいう種族がいる、ああいう種族の国があるなんていう話はきいたこともない。そりゃたしかに、セムだのラゴンだのって、妙なものがぞろぞろいるという話ではあるが、少なくとも豹頭の種族がいるなんて話は——」

「そんなことはいってないんだ。そっちこそ、陛下を冒瀆しようってのか」

どちらも譲らない頑固もののいた街角では、口角泡を飛ばす騒ぎがとうとう角突き合いにまでなって、女房どもにたしなめられる始末であったが、「ノスフェラス」派はもちろん、おのれのその「ばかげた、とてつもない」推測が、どれほど偶然にも的を射ていたのかなど、当然まったく知るすべもなかった。

ともあれ、これは、めったにない、まれにみるようなお祭り騒ぎの絶好の機会であった。しかもそれにはまったく立派な口実がともなっていたし、その上にそれはごく正直な人々の本当の気持の上に立脚していたので、何のためらうところもはばかるところもなく祝うことができた。人々はなんだかんだといったが、そうあれこれ云いたくなるほどに、結局「ケイロニアの豹頭王」に親しみをもち、そして崇拝をよせ、偶像視していたからである。

おかしな話だが、ケイロニアの人々——特に、実際に豹頭王を目のあたりにする機会が比較的多いサイロン市民にとっては、豹頭王が「豹頭である」ということが、実はまさに、グイン王の人気の最大の秘密だったのであった。

いや、むろん、王の勇猛さ、その知略、ひとなみすぐれたその武勇や人格、アキレウス大帝が惚れ込んだ貫禄や支配者としての資質、などといった部分も、当然その人気にはあずかって力があったに違いない。だが、たとえばアキレウス大帝は、非常に畏敬されており、尊崇されていたが、その畏敬と尊敬とは、あくまでもかなり距離のある「お偉い大帝様」という、まったくの「雲の上びと」へのものであった。たとえ、アキレウス大帝が、ひんぱんに市内を視察しようと、黒曜宮のバルコニーから手をふって人々の歓呼に愛想よくこたえようと、やはり、サイロン市民たちの畏敬は、きわめておそれおおい、直接おことばをかわすなど、いかづちが落ちてしまうのではないか、というようなものであった。

それに対して、グイン王は、もしたとえば――ありえないことではあったが、王が単身そのへんを出歩いていて、たとえばタリッドの下町あたりをひとりでうろうろしていたとしても、出くわしたものたちはさぞかし仰天はしただろうし、我が目を疑ったではあろうが、次の瞬間には、「なんと、豹頭王様！」と相好を崩して叫び、そして、なんでもいいからおのれの店のなかの一番良い品物を、またとないこのような機会に陛下に差し上げて賞玩していただこうと、果物屋ならばあわててとっておきの果物をとりだし、酒屋ならば火酒のつぼと一番いい杯をもって駈けだして来、そして花屋ならば、一番大きな花束をあわてて差し出したに違いない。

そして、それが拒否されるとは、おそらく誰も思いもしなかっただろう。じっさいにはむろん、グインはそうして下町をお忍びで出歩くわけでもなかったし、もしそうしたとしても、そんなふうにしもじもの目にふれるようなことはしなかっただろうが、にもかかわらず、グインの風貌には、何かしら、「そうしたこと」を可能に思わせるような親しみがあった。そして、その親しみは、その「豹頭」からきていることはまさに疑いを入れなかったのであった。

とてもグインを敬愛している騎士たちのなかでは、むろん騎士宮のなかで、ごく内輪にではあったが、「あの豹めが」だの、「豹あたまの大将」だのと、逆説的な非常な親しみをこめて云われることがあったが、それもまた、そのような、グインの豹頭がもっている奇妙な力のあらわれであった。グインがもしも、どのような顔をしていたにせよ、整っていたにせよ、不細工であったにせよ、「人間の顔」をしていたら、これほどまでには、親しみやすさと人気とを集めることは出来なかったかもしれぬ。グインの豹頭は、ほとんどグインが顔の表情をかえることを不可能にしていたにもかかわらず、つねに奇妙な非常な親しみをもって騎士たちにも、市民たちにも、重臣たちにも見られていた。おそらくは、豹、というこの野獣そのもの——もっともそれはまったくケイロニアには住んでおらぬ、氷雪の北方だの、逆にごく南方のランダーギアに住んでいることとしか一般にはほとんど知られておらぬようなものであったのだが——のもつ、精悍で、それでいて親しみやすい巨大な猫めいたところが、人々の人気を集めていたのかもしれない。

また、市民たちにはさておき、騎士たちに対してはグインもまさに期待されるとおりにふるまっていた。アキレウス大帝にであれ、もっとも下っ端のうら若い当番の見習い騎士にであれ、グインはその、ある意味横柄でさえある口のききようをいっかな変えようとはしなかったし、態度物腰も、相手によってまったくかわることはなかった。あえていうならば、つねに横柄で平静で、そして威風堂々としていて、こまかなことにこだわらなかった。また、気まぐれなところや、その気分の起伏をはたから感じさせるところもなかった。それもまた、表情をみせない豹頭と、彼特有の重々しい口のききかたがあずかって力があったのはむろんである。

そのようなわけで、だが、豹頭王グインは、ケイロニアの人々、ことにサイロンのものたちにとっては、その武勇やその知略や支配者としての資質を申し分なく尊崇されていながらも、アキレウス大帝よりもずっと親しみやすく気さくな、いうなれば「われらの王様」としての人気を苦もなくかちえていたのであった。サイロンのゴシップ好きの連中はとっくに、シルヴィア皇女をめぐるかんばしくないあれこれなど承知の上であったから、グインがそのシルヴィア皇女にいわば「振り回されている」ことまでも、グイン王の「親しみやすさ」のひとつの原因になった。

「あんなにお偉いのに、我々とおんなじさね——つまり、わがまま女房、娘っこみたいな女房に手こずっておいでになるんだから！」

というのが、男たちの共感の源であったし、女たちにしてみれば、（そんな、我儘な上にぶさいくで手間ばかりかける石みたいな女なんかより、いっそあたしがお慰めしてあげたいものだ）というような思いをおこさせたのである。そんなわけで、グイン王の人気はそもそものはじめから非常に高かったが、このところの長い失踪とそれにまつわるさまざまのふしぎな仄聞、そしてまた、ついにグイン王が帰還されたとたんに、いまにも薨去されるかとさえあやぶまれていたアキレウス大帝が、いちどきに元気を取り戻されたこと、などなどあって、いまやまさにグイン王はサイロン市じゅうのたいへんな人気の的であった。

「さあ、お祭りだ。お祭りだ」

「陛下がお帰りになったお祝いだからな」

「何もかも、持ち出して、おおばんぶるまいしなくちゃ」

「宮廷からも、いろいろと、お祝い下されがあるらしいよ!」

「黒曜宮にゆかなくちゃ……風ヶ丘にゆかなくちゃ」

「最大のお祝いはいつになるのかな。きょうは重臣のかたがたの祝宴があるときいたが」

「近いうちに、サイロンでも、祝賀の宴がはられるということだよ」

「そりゃあ、何があってもうかがわなくちゃねえ!」

「ああ、きっとまた金貨がまかれたり——お祝いのお菓子下され、お酒下されがあったりするぞ」

「なんだか、まるで、サイロン全体がまた明るくなったみたいだ」

「そうさ、だって、陛下が戻ってこられたんだからな!」

口々に、サイロンのひとびとはうわさした。そして、ようやくすべての暗雲が払われて、これからはもう、ケイロニアの前途には明るいことしかないのだ、という気持で顔色までも明るくしたのであった。もう大丈夫だ——なにしろ、ケイロニアには、守護神が戻ってきたのだ。かれらの喜びはひたすら、その思いの上にあった。

3

「音楽だ！」

華やかな大広間をいっぱいに埋め尽くしている百官卿相をさらに浮き立たせるかのように、朗らかな命令が響き渡った。

たちどころに大広間は、時や遅しと待ちかまえていた伶人たちの奏でるにぎにぎしい祝典の音楽で満たされ、大ケイロニアを支えるいずれ劣らぬ重鎮たち、勇将、猛将、知将たちは酒の杯を手に手にあげて、ケイロニアの行く末や安泰なれ、その繁栄や永遠なれとどよめきつつ乾杯の声をあげる。

それは、まことににぎにぎしい祝宴の席であった。アキレウス大帝はまた、宴のはじまりにちょっとだけ顔見世をして、手をあげて人々の歓呼にこたえ、グインと並んだすがたを見せたのちに退座したが、それでも、朝の最初の顔見世にくらべて、たった今日一日だけで、アキレウス大帝が、ぐんとまた元気を取り戻したことは目にみえてはっきりと人々にもわかった。

何よりも、土気色だった顔に血の気が戻り、そして、アキレウス大帝は滅茶苦茶に嬉しくてならぬようすであった。大帝のかたわらには、マリニア姫を乳母に預けたオクタヴィア皇女が、美しい清楚な紺色のびろうどのドレスに身をつつみ、レースのマントを両肩にブローチでとめつけて、髪の毛を艶やかに結い上げたあでやかな中にも凛然たる気品のあふれるすがたで、ぴったりと父によりそい、なにくれとまだ病癒えたとはいえぬ父に気を配っていた。もう少しマリニア姫が大きくなったら、こんどはその愛らしい姿が、いっそうこのような宴に花をそえたに違いない。

もう、人々は、シルヴィア王妃の姿がその場にないことについては、誰ひとりふれようともしなかった。むしろ、誰も、そんな存在がまだいた、ということさえ、忘れてしまったようにふるまおうと気を付けているようだった。それ自体がかなり異様な感じを与えないでもなかったが、今夜の宴はそれをことに異様に思いそうな外国の大使や使節、外交官などは出席していなかったし、それゆえ、たいていのものたちはもううすうす、シルヴィア王妃の上に何か異変がおきかけている、ということを知っていたので、何もいっそう口にしようとはしなかったのだ。かれらはまるで、シルヴィア王妃などというものは存在したことがないかのように、グイン王がもともと生まれついてアキレウス大帝の唯一の男児ででもあるかのように思い込んでいるようなふりをしていた。

アキレウス大帝が中座すると、グイン王を中心として、それに挨拶に並ぶものたちで座は乱れ、にぎわった。ケイロニアの威風堂々たる守護神たち、つまり十二選帝侯も十二神将も、いまサイロン周辺にいるかぎりのものはみな列席していたので、十二選帝侯はアンテーヌ侯アウルス・フェロンを筆頭に、その子息アウルス・アラン子爵、アトキア侯ギラン、ランゴバルド侯ハゾス、ワルスタット侯ディモス、ローデス侯ロベルト、サルデス侯アレス、ツルミット侯ガース、ダナエ侯ライオス、の面々が出席していた。遠い領地にあってこの急場にはとうてい間に合わなかったラサール侯、フリルギア侯、ロンザニア侯、ベルデランド侯の四侯も、それぞれに急遽代理をたてて、サイロンに駐在している副官だの、親戚の子爵や男爵だのを名代として参列させていた。十二選帝侯の歴史ある華やかな正装に身を包んだ威厳ある守護神たちのなかでも、老いてなおまったく衰えをみせぬ、銀色の髪の毛のアンテーヌ侯と、そしてこれは特に許されて相変わらずの黒衣に優しげな花のようなほっそりとした容姿を包み込んでいる、はかなげなローデス侯がことに人目をひいた。アンテーヌ侯はまた、美少年のほまれたかい子息をともなっていたことでも、人目をひかずにはおかなかった。

十二神将は黒竜将軍トール、金犬将軍ゼノンはもとより、十二神将の長老、巨象将軍ホルムシウス、このほど新しく金羊将軍に昇進したダラス、白虎将軍アダン、白蛇将軍ダルヴァン、飛燕将軍ファイオス、金狼将軍アルマリオン、金猿将軍ドルファン、白鯨将軍ゴラン、金鷹将軍ユーロン、銀狐将軍ブラント、と全員が顔をそろえていた。それぞれに役割の違う十二神将騎士団の団長たちは、それぞれに色合いも象徴たる紋章の動物も違うよろいを身につけ、その上から揃いの銀の打ち紐でふちどりのある黒いマントをつけて、入場するときには左胸にそれぞれの団長のかぶとをかかえており、礼剣をつるし、長靴を履いて、まことに勇猛この上もなかった。

ほかにも、むろん護民長官デウス伯爵、司政長官グラディウス伯爵、近衛長官ポーラン伯爵、黒曜宮衛兵長官ヴァイルス将軍、大蔵長官グロス伯爵、官房長官ケルロン伯爵、宮廷書記長マデウス、建設庁長官ムース、サイロン市長ロンディウス、副市長カオス、経済長官ハルス子爵、といった面々はすべて顔をそろえていた。それこそ、もしもたったいまこの大広間にいかづちでも落ちて、この顔ぶれが生き埋めにでもなってしまうような奇禍がありでもしたら、大ケイロニアはたちまちその心臓部すべてを失って停止してしまうだろう、と思わせるほどの、それは、綺羅星の如きそうそうたる顔ぶれであった。

大ケイロニアはそのような無数の有能な官僚や勇猛な武人、そしてケイロニアの守護神「十二選帝侯会議」によってがっしりと支えられているのであり、そうであってこそ、この国の運営には、何の不安もなくてすむのであった。パロにあって人材難にきりきりまいをしているヴァレリウス、いつも何から何までひとりで引き受けなくてはならぬと転手古舞いをしているヴァレリウスなどが見たら、悔し涙を流すほどにもねたましくも羨ましい光景であったに違いない。さらにそれぞれの騎士団にも、十二選帝侯にも、それぞれの長官の下にも有能な副将、副官が何人もついていて、それぞれの組織をしっかりと引き受けているのだ。

だが、それでも、そのすべてを統括する「頭」がなければ、それほどの見事な組織も、活力を失い、しだいしだいに沈滞するのであった。それをこのたびのことで思い知った、とでもいうかのように、重臣たちはひっきりなしに豹頭王の疲れもみせず立っている玉座に入れ替わり立ちかわりでつめかけ、無事帰国の祝いとねぎらい、大帝の病快方へのよろこびごとをのべては、あらためて剣の誓いを繰り返して豹頭王からくちづけとともに剣を返された。

それでもさしものその重臣たちも一応おもだったところはすべてそうして忠誠の誓いとお祝いのことばをひとしきり述べ終わってしまうと、前記のように音楽が要求され、そしてたちまち、花と豹頭王の肖像とで飾り立てられた大広間は、こんどは音楽で満ちたのであった。

それは楽しい無礼講のはじまり、という合図でもあった。たちまち、待ちかねていた人々の前で銀の巨大なフタが次々ととられ、下でずっと小さなコンロであたためられて時のくるのを待ちかねていた豪華な、だがどこか素朴さを残したままの御馳走の数々が姿をあらわし、また巨大な丸焼きの豚だの、さらに巨大な剣《ゴロン》でけずって皿にのせてもらうあぶり焼きの牛肉のかたまりだのがどんどん運びこまれた。ケイロニア流のもてなしは素朴であまり凝ってはいなかったとはいうものの、さすがに黒曜宮でこうして重臣たちを迎えての宴ともなればまたおのずとそれなりの洗練や凝りようをも見せた。

あとからあとから赤葡萄酒、火酒、はちみつ酒、珍しい北方の森でのみとれる果実である黄色いオルゴンの実で作るオルゴン酒や、火酒の瓶のなかにイトスギの木に巣くう香虫を漬け込んだ、精力剤としてもきわめて珍重される香虫火酒や、モンゴール名物のヴァシャ酒なども壺や銀の酒入れに注がれて運びこまれ、いくらでも杯に注がれた。ケイロニアの男たちはいずれも酒豪であったし、つがれる酒を断るのを恥とする気風もあった。それゆえ、いたるところで豹頭王の健康と大帝の健康を祝して乾杯がおこなわれ、そのたびに盛大に杯がほされて、たちまちあらたな酒が注がれた。あまり数は多くなかったがこの場に列席を許されている身分の高い婦人たち――主として女官長や、古株の腰元頭らであったが――も、男性にあまりひけをとることなくすすんで杯をあけていた。

ひっきりなしに、人垣のなかでひときわ目立つ高さでそそりたっているグインの豹頭の周囲には人々がむらがりつどい、少しでも王に近づいて話をしようとやっきになった。もっともアンテーヌ侯のようにきわだって身分の高い大貴族や、またローデス侯ロベルトのようなものが近づいてこようとすると、そこは心得たもので人々はさっとよけてかれらに場所をあけた。

オクタヴィアはもう、父とともに引き下がって父のかたわらについて看病していたので、この場に残っているケイロニウス皇帝家のものはグインただひとりであった。そのグインが談笑しながら杯を、これはあまり一気に勢いよく干したりせずに少しづつ、ゆっくりと味わうようにあげているのへ、アンテーヌ侯アウルス・フェロンが、いまにも《太陽侯》ワルスタット侯ディモスの「ケイロン宮廷一番の美男子」の地位をおびやかすのではないか、とひそかに宮廷婦人たちにうわさされていまから人気の的の、端麗で明るい気品ある美少年の子息をともなって近づいてくるのへ、人々はさっと道をあけて、このケイロニア一番の大貴族に敬意を表した。

「陛下」

アウルスは道をあけてくれた人々におおように頭をかるくうなづかせて謝意をあらわしながら、グインの前に進み出ると、おもむろにマントをはねのけ、礼装用の剣をかるく腰から鞘ごと引き抜いて、柄のほうをむけてグインに差し出し、さすがに身分上、ひざまづきこそしなかったが、片膝をひいて、帝王への礼をつくした。子息のアウルス・アランのほうは、同じ動作をして父をまねながら、これは、むろんしっかりとひざまづいていた。

「御無事のお戻りをお迎えする、喜ばしきこのときを迎えることが出来まして、このアウルス、これよりも幸せに感じることはございませぬ」

「アンテーヌ侯」

グインはその差し出された剣にすばやくくちづけをして返し、また子息のやや小振りな剣をもそうして返しながら、立ってくれるよう、手をのばしてうながした。

「長々との不在、まことに申し訳なき仕儀であった。義父アキレウスの不例により、侯にも多大なるご助力をもいただき、御迷惑をもご心痛をもおかけしたと承っている。もっと早く帰国いたしたかったが、さまざまなる事情により、そう出来ず、ついに今日のこの日になってしまった。お許し願いたい」

「何をおっしゃいますことやら」

アウルスはおおように受けた。

「大帝陛下にも、昨日にかわる今日のお喜びに、すっかりお顔色も回復されたようす、まもなくご本復の日も近かろうとうけたまわり、これにまさる喜びごとはございませぬぞ。――それにしても、王陛下には、おかわりなくご壮健の御様子、まことによろこばしき限り」

「そのことだが」

グインは、耳をそばだて、目を皿のようにして、何も見逃すまい、聞き逃すまいとしているまわりの人々を見回すようにして答えた。

「体はまことに壮健であり、何の傷もおうておらぬのだが、いささか目に見えぬ部分、つまりは脳のほうには不都合があるやもしれぬ。――まだ、帰国して間もなきゆえ、多少、おかしな言動もあるかもしれませぬが、そのせつには、アウルス侯のような長老のお助けを借りて、なんとかつつがなくケイロニアを守ってゆく大事のお役目を果たしたきものと思っておる次第」

「何をおっしゃいます。陛下のお脳にいったいいかなる不都合がございましょうか」

「いや、冗談ではないのだ」

グインは、内心、このような機会を待っていたので、声をいくぶん意識して大きくした。

広間を埋めて談笑していた人々は、はっとしたようにグインのほうをふりむき、そして、いったい豹頭王が何を話し出すのかと、息を殺した。音楽がしんとなった広間のなかに響き渡ったが、誰かが注意したらしく、急にその音も静かになった。

「俺が、いささか記憶に障害を発した、ということは、ハゾス宰相からもお聞き及びではないかと思う」

「それは、うけたまわっておりましたが、しかし、その後、ハゾスからは、陛下のご記憶には何のご障害もなし、との続報がパロより届き、我々一同、安堵の胸をなでおろしたものでございますぞ」

「おおむねのところは、障害はない。だが」

グインには、ひとつの考えがあったのであった。

この事実を、あとから、人々の口さがないうわさで取沙汰されるよりは、おのれの口から、正直に言ってしまったほうがよい。だが、それも、正式になんらかの公式行事の席のような場所で口にすれば、それは必要以上に重大な事柄になってしまうだろう。あくまでも、この場でならば、アウルスもハゾスも、心きいたものたちも沢山いることゆえ、必要な話の後押しはしてくれよう。グインはそう考えていたのだった。

「俺は、じっさい、かなり長いこと記憶を失っていたのは事実なのだ。そして、それを、またパロでの手厚い看護のおかげをもって運よくも取り戻すことができたのだが――そのかわりに、今度は、俺は、失踪してから、再びパロにあらわれるまでの期間、つまり、すべての記憶を実際に失っていた期間の《記憶》を、それ以前の記憶を取り戻すのとひきかえに、失ってしまったようなのだ。――つまり、俺は、おのれが、どこで何をしており、どうやってパロにあらわれたのか、まったくわからぬのだ」

それは半分は真実であり、半分は誇張であった。少なくとも、ある程度までは、ヨナがグインに話してきかせることが出来た部分についてはグインは、記憶を取り戻したわけではないが、知識としては知っていたからである。だが、そういうことが、グインにはいままさに必要であった。

「ああ」

アウルスは、だが、ひどく納得したようすをした。

「なるほど、それは、不幸にして記憶を障害した人の場合にはしばしば聞き及ぶことでございますな。――記憶を失っているあいだには、その当人はまったくの別人として生きており、おのれがもとはどこの、どのような存在であったのかも存ぜず――それから、なんらかのきっかけで記憶を取り戻したとき、それまでの、記憶を失っておられたあいだの記憶を失ってしまう、というのは――それでは、陛下は幸運にも記憶を取り戻されたかわりに、その記憶を失っておられたあいだのご記憶がおありにならぬと。そのようなことでございますか」

「どうも、そのようだ」

「それはだが、問題ございますまい」

アウルスはおおように笑って保証した。

「我々にとりましては、陛下がここにこうしてご健在でおられることこそが最大の問題でございまして、陛下がもしも、これまでのご記憶をすべて失っておられるのであったら、どのように補佐しお助けして差し上げたらよいものかと、正直われら選帝侯会議でも何回か話題にしたことはございました。だがそれはすべて杞憂《バスの心配》におわり、陛下はこのように、まったく正常に、これまでの必要なすべての記憶を取り戻しておられるようにお見受けいたします。そうであります以上、いったい何の問題がございましょうや。―

——陛下御自身にしてみられれば、それは確かに、思い出せぬものがおありなのはお気持が悪いかもしれませんが、我々にとりましては、この陛下の御様子を拝見すれば、何らか問題があるともまったく思われませぬ」

「ならばよいが——しかし、まだまだ細かな点ではどのようになっているか、もうひとつ請け合えぬ。俺がもし、おかしな行動をしたり、妙なことを口走ったりしたところで——大目に見てほしいものだ」

グインが、この機会をとらえて、皆の前で「是非とも宣言しておきたい」とひそかに思っていたのは、実はまさに、いまのこのひとことにほかならなかったのだった。

本当は、アウルスがいったとおり、きれいに記憶が入れ替わって、失っていたあいだの記憶がなくなり、そのかわりに以前の記憶が戻った、というのとも、なんとなく微妙に違うようだ、ということをグイン自身が感じている。おのれの記憶にどのような修正が加えられたのか、それについては、ヨナもはかばかしく口にしなかったので、グイン自身にはわかりようもないのだが、なんとなく「以前と何かが違っているようだ——」という、奇妙な不快感のようなものは、ひそかにわだかまっている。

それでいて、日々必要なことも全部理解している、ということはわかるし、またケイロニアに戻ってきてみて、ケイロニアに関する限り、自分の記憶がいささかも損傷されていない、ということは感じている。それでもグインには、なんとなく釈然とせぬもののがあった——それは、「たえず何か物忘れをしているような」不安な感覚、たとえばあの「スーティ」ということばについてだとか、古代機械についてヨナが口にしたとたんにふいとよみがえる、おちつかぬ、脳の内側を何かにちくちくとつつかれるような、奇怪で不安をさそう感覚であったのだった。

それに、いまひとつの心配が、グインにはあった。

「それだけではないのだ、アンテーヌ侯」

グインはいささか声を大きくした。

「もしやして、俺は——おのれが記憶を失っているあいだに、何か奇妙な行動をしたかもしれぬ。——俺がどこでどう、何をどのようにしていたものか、俺は知らされておらぬ。というより、誰も知らぬ部分もあるのかもしれぬ。俺は——信じてもらえぬほど奇怪きわまる話かもしれぬが、俺はパロの内乱を救援にいった時点のあるときで記憶を失い、意識を取り戻した——と少なくともおのれが感じたのは、やはりパロで——その間にいったい自分が何をしていたのか、失踪していて、やがてパロに戻ってきた、といわれても、なんだか納得がゆかぬままなのだ。当人の感覚では、記憶のとぎれめから、ほんの一夜ばかり、眠っていてまた目がさめた、というような感じしかない。だが、じっさいには、そのあいだに何ヶ月もたっていた、というのが、どうにも解せぬ」

「さようでございましたか……」

アウルスは考えこんだ。

「それゆえ、もしかして、そのあいだに俺はどこかを放浪し、さまざまな新しいひとととのかかわりをもち、そして新しい生活を持っていたのかもしれぬが――それについてもよくわからぬ。もしも、何か、それについてまた、あとから知れたような場合には、もしかしたら諸卿にも迷惑をかけたり、失笑をかったりしてしまうかもしれぬが、それについても、なにせ記憶を失っていたあいだのことと考えて、寛大に見ていただきたい、そうお願いしたいものだ」

さよう、グインがもっとも云いたかったのはまさしく「このこと」だったのであった。

だが、また考えていたアウルスは、そのグインのことばを一笑に付した。

「何をおおせられます。――というか、このように申し上げてはご無礼ながら、われらからは、陛下のようなおかたが、たとえかりそめにご記憶を失っておられたとはいえ、ひとから失笑をかったり、迷惑をかけるようなふるまいをなされるとは、夢さら考えられませぬ。陛下はどのようなときでも毅然として、正しくふるまえるおかた――また、こう申し上げては何でございますが、おそらくその御心配はございませんぞ。陛下をひと目見て、それがケイロニアに名高き豹頭王陛下であると見分けられぬものは、この中原にはまったくありえませぬから。――たとえどこにおいでになりましても、陛下はひと目で陛下と見分けられておしまいになりますし――そうである以上、もしもそうでなかったならば、陛下は――」

アンテーヌ侯はちょっと笑った。

「おそらく、誰もひとのおらぬ、それこそノスフェラスでありますとか、深い辺境の山岳地帯のような場所においでになったのでございましょう。事実ハゾスからも、そのようなことを聞き及びました。陛下はノスフェラスにおいでになり、それから辺境の山岳地帯を通ってパロに――なんらかの記憶に導かれてパロにおいでになったのであろう、というのが我々の見るところでございます。おそらくそれにたぐいはございますまい。いや、陛下、一切の御心配はなさいますな。陛下は、たとえご記憶を失っておられようと、正体をなくしておられようと、迂闊なふるまいをなさる心配も、おかしげな行動をされるおそれもございませぬぞ。そうと言い切れるのが、すなわちわれらのもっとも幸せなるところであるかもしれませぬ。――陛下はいつなりと、たとえ記憶を失っておられても、勇猛に、正しく、そして高貴に、必要であるようにふるまえるおかたであることを、我々はよく知っております」

「そのように云ってもらえると、アンテーヌ侯」

グインはちょっと感動して、アウルスに手をさしのべた。アンテーヌ侯はその手をとり、うやうやしくおしいただいた。

「忝ないが、いささかおもはゆくもないわけではない。まあ、だが、そのようなわけで、もしも万一俺の記憶を失っていたあいだの不行跡だの、おかしげなふるまいだのが知れてもどうかご寛恕いただきたい、ということと、もしやしてまだその記憶の障害の一部が残っていて、俺が何か思い出せぬことがあったりしても、おそらくしだいにすべて思い出すゆえ長い目で見てやっていただきたい、ということだけだ、俺の言いたいことは。——このような頼りないことで、大帝陛下に御信頼いただくケイロニア王、ケイロニア大総帥の任務がつとまるのかと、不安に思われるかたもおられようが——」

「とんでもなきこと！」

勢いよく、アンテーヌ侯がさえぎった。

「何をおおせになりますか。——ものどもの喝采をお聞き下さい。これがすべて、陛下への我々の最大限の御信頼、というお答えでございますぞ！」

そしてアンテーヌ侯はかるく手をあげた。

その身振りにこたえて、いっせいに大広間を埋めたものたちは、さしもの広大な天井の高い広間をどよもすほどの声で叫んだ。

「マルーク・グイン！」

「マルーク・ケイロン！」

その声でまさに、天井のきらめく飾りさえも落ちてしまいそうなくらいのすさまじい歓呼が、天井にこだました。

グインは感動して片手をあげてその歓呼にこたえた。

「有難う、諸君」

グインの、略式宝冠をひさびさにいただいた豹頭がかるくかしいで、宝冠の前面につけられている、巨大な紅玉がきららかに輝いた。

「諸君のその信頼と忠誠こそ、わが最大の慰めにして支えにほかならぬ。――諸君、まことに長いあいだ、俺の不在のため、苦労をかけた。アキレウス大帝陛下にもひとかたならぬご心労をおかけし、その大帝陛下のおんいたつきでまた諸卿に心痛をあたえたること、これすべて俺の責任である。だが、このように、俺はケイロニアに戻った。こののちはいっそう、おのが職務に精励をつとめてゆくことを、この場で諸卿に誓おう。ケイロニアがつねに俺を――豹頭異形のこの俺をあたたかく、手あつく迎え入れてくれたことは、何があろうと決して忘れ得ぬ最大の恩義だ。明日からまた、俺はケイロニアのため、諸卿のため、そして全ケイロニア国民の幸せとケイロニアの永遠の繁栄のため、身を粉にして尽くすことを誓う」

4

「たいへん、素晴しい一夜でございましたな」

ハゾスは、グインを居室まで送ってゆく役目を引き受けることにしたので、うしろに小姓たちと、そして護衛の《竜の歯部隊》の騎士たち四人、おまけにハゾス自身の小姓と護衛数人、という小さな一連隊をひきつれて退出しながら、グインに笑いかけた。ハゾスもすすめられた杯は決してことわらなかったので、かなり飲んでいたのだが、ハゾスの白皙はまったく乱れなどみせておらず、不調法に赤らんでいることとさえなかった。

「それに陛下のおことばはきわめて感動的でございました。我々はますます、陛下のおんために忠勤を尽くさなくては、という思いにかられました。——陛下は、しかし、だいぶんお疲れではございませぬか」

「どうも昨夜から、おぬしにせよ、大帝陛下にせよ、ほかのものたちにせよ、俺をなにやら病人扱いするので困る」

グインは苦笑いして答えた。

「云っておくが、俺にいささかの不都合があったとしてもそれは脳のなかみだけのことだ。からだにはいささかの不都合もないぞ。――それどころか、絶好調なくらいだ。俺の体力にかなうものなどめったにはおらぬのだ、ということを忘れてもらっては困る」

「さようでございましたな。これはたいへん失礼を申し上げました。しかし、ともかくも、これでいったんお役目は終えられましたし、外国使節の接見などの恒例行事も、使節たち、大使たちとの宴をおこなってその翌日からの復活と決まりました。明日の観兵式はお勤めご苦労様ではございますが、まあ、午後からのことでもございますので、あとは今夜はもう、ごゆるりとお休みになって、旅の疲れをおとり下さい」

「それをいうならおぬしだろう、ハゾス・アンタイオス」

グインは笑った。

「おぬしこそ、もっとも多忙な宰相の身で、俺をパロまで迎えにきてくれ、そののちとってかえしてただちにあれやこれやと公務に追われているだろう。休みをやれぬのはまことに気の毒だが、大ケイロニアの実務を一身に背負ってたつおぬしのことだからな」

「なんの、わたくしは、こう申しては何でございますが、まだ若うございますからね――と申して、もしかしたら陛下のほうがずっとお若いのかもしれませぬが」

ハゾスは心やすだてにからかった。

「ルードの森にご出現になったときから数えれば、陛下はまだ、わずか十歳にもおなりにならぬことになるのですから。――まあ、それはともかく、わたくしも、実務は副宰相のエイミスも、秘書室もおりますし、いまのところさいわいにしてケイロニアの国政には何も大きな問題はございませんですから、何も御心配はいりませんよ。いや、パロで見たあのヴァレリウス宰相の八面六臂ぶりには、いささか度肝を抜かれるというよりも、気の毒になってしまいましたが。――あのように痩せた小さな男で、たいして丈夫そうにも見えませんが、よくまあ、あれだけこまねずみのようにかけずりまわって体力がもつものでございますね。やはり魔道師というのは、普通の人間とは作りが違うのでしょうか」

「そうらしいな。食べるものも、飲むものさえも、通常のものとは違う、というようなことを、ヴァレリウスが云っていたようだ」

グインは云った。

「まあ、そういうわけで、お互いにのんびり休んで英気を養うという幸運には当分恵まれぬようだが、そのかわり、おのれが必要とされており、おのれの力がかかせぬ場所がある、というのがとてもよい生き甲斐にはなるだろうさ。俺からも云いたいところだ。おぬしこそ、ゆっくり休んでくれ、ハゾス」

「かたじけなきおことばでございます、陛下」

ハゾスは丁寧に、歩きながらではあったが、胸に手をあてて臣下の礼をした。

それから、本当は聞きたいことがあったのだが、ちょっとそれを飲み込んだ——が、そのとき、そのハゾスのもっとも聞きたかったことばを、グインのほうからさりげなく口にした。

「今宵は、だいぶ刻限が遅くなったかな、ハゾス。——これから、王妃宮に、帰還の挨拶をしにゆくには、いささかもう礼を失するような時間だろうか？」

「ああ、これから——おいでになりますので？」

「ああ、あまりに遅くなってはあちらも気にするだろう。それに俺とても、気にならないわけではない、それは当然な。それゆえ、とりあえず、まだあまりに非礼なほど遅くなければ、王妃宮にこれからうかがってよいかとお伺いをたててみるつもりだ」

「さようでございますか。それはもう、ご夫君の御帰還なのでございますから」

うしろに一連隊ついていることをかんがみて、ハゾスはうかつなことを口にしようとはしなかった。ごく慎重に云っただけだった。

「当然、王妃陛下にも待ち焦がれておいでになりましょうが。しかし、王妃陛下は何かとおからだの調子がすぐれぬ御様子ですから、もうお寝みかもしれませんね」

「その場合は明日朝一番に、観兵式の前に時間があるだろう」

グインはちょうどおのれの居室の控えの間の前にきていたので、ハゾスにうなづきかけた。

「それでは、もうここでよいぞ、ハゾス。ハゾスも疲れただろう、早々に戻ってやすんでくれ。それでは、また明日」

「おやすみなさいませ」

ハゾスは丁重に挨拶をして、そしておのれのほうの一連隊をひきつれて、そこからまわれ右をした。むろんこれからランゴバルド侯の公邸に戻るわけではなく、黒曜宮のなかには、宰相のための執務室と、少しはなれて黒曜宮に滞在しているときのための私室もきわめて立派なものが何部屋も用意されている。基本的には、ハゾスはサイロンの宰相官邸に戻って任務につくときのほかは、黒曜宮で大帝やケイロニア王のそばに詰めてこちらで公務をとっているほうが多いのだ。サイロンからだと、馬をとばしてもそれなりの時間がかかるので、大帝もそれを望むし、ことに大帝が病気でケイロニア王が不在、という、先頃までのような場合には、事実上、ハゾスこそがケイロニアの最高責任者ということになるので、ハゾスはもう、グインがパロ救援に出立して以来、ほとんどサイロンにおもむくこともなく黒曜宮に詰め切りであった。

いささか気がかりそうにちょっとおのれの居住区域に入ってゆく豹頭王を見送ってから、ハゾスはその、おのれの室のほうにむかって退出したが、ハゾスのその気がかりは、まったく根も葉もないことではなかった。

「すまぬが、これから、王妃宮までおもむき、ケイロニア王グインがサイロン帰還の挨拶だけでもしに、夜半ではあるが、シルヴィア王妃陛下の私室にうかがいたいと申している、とお伝えしてきてくれ」

ハゾスと別れるなり、グインは小姓に命じた。小姓はかしこまって、いそいでかけだしてゆく。それを見送り、グインは、ひさびさに戻る自室に入っていった。

昨夜はそのままアキレウス大帝の寝所で一夜をあかしたし、朝はそのままもう、大帝と朝食をとり、そのあとはあれやこれやとあわただしく、サイロン市中の凱旋行列のために用意をして出てゆかなくてはならなかったので、グインが、おのれの室に戻ってくるのは、文字どおりパロ内乱の援軍のためにそこを出ていった半年ばかり前以来のことであった。

当然のことながら、そこは毎日きちんと掃除され、ちりひとつないように清められてきっちりと整理整頓されており、グインが出ていったときのままになっていた。もっとも、いけてある花などはむろんいくたびとなく取り替えられていたのだが、それも、いつあるじが戻ってきてもよいように、ここちよく感じられるように気を配って手入れがゆきとどいていたので、まったくそこは長いあいだあるじのいなかった室の空虚を感じさせなかった。

「長い留守であったのに、皆によく気を遣って手入れしてもらっていたようで、すまぬな」

こまごまとしたことによく気の付くグインは、小姓にねぎらいのことばをかけ、嬉しさで上気した小姓に手伝わせて略王冠をぬいでしまわせ、マントをとり、もっと気楽な私服を運ばせて着替えた。本当ならば寝間着に着替えて寝室に入ってもいいような時刻であったが、シルヴィアから当然「お待ち申し上げております」といういらえがくることを予想していたので、気楽とはいえ、身分の高い婦人——たとえそれがおのれの妻であろうともだ——の私室を訪問するのに非礼でないだけのきちんとした服装を選んでおいた。

「なんだか、昨日ここを出立しただけのような気がするのだが——ずいぶん、長い時間がたっているのだな。茶をくれるか」

「かしこまりました」

小姓がふっとんでゆく。一人になって、グインはなんとなく感慨深く、あたりを見回した。

そこは、グインがケイロニア王に任命されてからずっとおのれの室として与えられ、もっとも長い時を過ごしている場所であったから、もういろいろなものがグインの希望どおりに揃えられ、かなりグインらしさをゆきわたらせていた——もっとも、その「グインらしさ」というものそのものが、ほかの人間のそれにくらべれば、格段に非人間的なまでに個人的でなかったことは疑いをいれぬ。グインは、能率と効率だけを愛し、ほとんど生活に趣味的な部分を入れなかったからだが、それでも、おのれが読みさしていた本に、ペーパーナイフのしおりがはさまったまま机の上にきちんと置かれていたり、途中までちぎられた覚え書き用の紙つづりが記憶にあるとおりのすがたで置いてあったり、愛用の羽根ペンがペンつぼにさしてあったりするのを見るのは、グインにしてさえ楽しかった。

（帰ってきたのだな……）

グインは、ようやく、その思いをかみしめるように、深々と空気を吸いこんだ。空気のなかには、これもグインの要望というよりは家令が気をきかせてグイン好みをあれこれ考えて焚いてある、香りイトスギの香木のかぐわしくすがすがしいにおいがかすかに漂っている。グインは奥の寝室に入っていってみた。長年、そこにやすむあるじもないままだった天蓋つきの巨大な寝台は、ひっそりとあるじの帰宅を待っていた。寝台のすぐかたわらに大きな刀掛けがあるのが、その室のあるじが武人であることをはっきりと知らせている。だがそこに置かれている剣はなかった。

（愛用の剣もどこかにいってしまったのだな――どこでどう置き去りにしたかもわからぬような案配だ。また一本、剣作りに打たせて、手頃な重さのものを作らせなくてはなるまい。――ありあうものはたいてい俺には軽すぎるし、小さすぎる）

（それになんだか――おかしな話だが、なんだか俺はまた、筋肉がついたような気がするな。——以前の剣であったら、もうちょっと軽くてふりまわしにくいかもしれぬ。どこだか知れぬ放浪の旅をしているあいだに、体がまたたくましくなったかな……)

グインは、寝室の奥の壁にかかっている鏡の前で、つとおのれのたくましく太い腕をあらわし、ぐいとおりまげて力こぶを作ってみた。確かに、以前よりも太くたくましくなった気がする——もっとも、もともと、それはきわめて太くたくましいので、どのていどそれがそうなっているのかは、よくわからない。

(俺は、失踪してからの一年あまりというものを——いったいどこで、何をしていたのだろう。——ことに、最初の三、四ヶ月というものは、まったく誰も知らぬようだ……マリウスでさえそれについては何も知らぬようだ、とヨナが云っていた……)

(やはりノスフェラスにいたのだろうか。——だとすれば、ノスフェラスで俺は何をしていたのだろう……誰といたのだろう。もしかして、また、セムやラゴンのところにいたのだろうか……)

長い旅のはてに、ようやくおのれの室にたったひとりになり、ようやくグインにも、あれやこれやと考えてみるだけの時間が与えられたのであった。考えてみれば、この旅のあいだは当然、再会に狂喜乱舞しているハゾスやゼノンたちとずっと一緒であったし、それ以前はパロ宮廷で朝から晩までひとに見守られており、その以前の記憶を失ったグインには、なんとなく、おのれがひどく異様な状況にあるようだ、ということをゆっくりひとりになって考えてみられるのさえ、夜の床のなかだけでしかなかった。それ以外には、そもそも、ひとりでいられる時間、というものがまったくなかったのだ。もっとも、いまの場合にも、それでもグインがひとりであれこれとちょっとでも感慨にふけっていられたのは、ものの三十タルザンほどの時間でしかなかった。

「失礼いたします」

かるくノックの音がして、さきほど王妃宮へ都合をききにやった小姓が、すぐに戻ってきたからである。

「入れ」

「失礼いたします。当直の小姓組、ユータスでございます。——申し上げます。シルヴィア王妃陛下には、今宵は体調がきわめてよろしくなく、もはや寝床についてお寝みになっておられますゆえ、どうか今夜の御訪問はお避け下さいますよう、とのおことばでございました」

「そうか」

グインは、もう本当に遅くなっていたので、あまり不思議にも思わずにそのことばを受け入れた。

「ご苦労だったな。ではユータス、すまぬが、ついでに明日の当直のものに申し送って、明日の朝一番で、王妃陛下あてに、ケイロニア王グイン名義で、お見舞いのお花をまず届けてくれるよう、手配してくれぬか」

「お見舞いのお花を、かしこまりました。お花の中身に何か御希望やご注文はございますか」

「いや、ない」

グインは苦笑した。

「俺には花のことなどてんからわからぬ。何か、小姓組なりのなかで、花に詳しくて、女の喜びそうな花のことがわかるものがいたら、それに頼んで適当に見繕っておいてもらってくれ。シルヴィアの好きな花というのもあるのではないかな——妻の好きな花もわからぬ良人で、なかなかに仕方のないものだが」

「とんでもない。陛下は武将であられるのでございますから、それで当然でございますよ」

小姓はそうして個人的な頼み事をこの偉大なケイロニア最大の英雄に受けるのがとても嬉しかったので、顔じゅう口にして笑いながら答えた。

「かしこまりました。では、女官にでも頼んでシルヴィア陛下のお好みの花をうかがい、それを整えて明日朝一番でお持ちするよう、伝えておきましょう。万事遺漏無きよういたしておきますので、ご安心下さいませ」

「昨夜のうちに、そのくらいの心遣いは見せてもよかったのかもしれぬな。男というのは——おぬしのいうとおり武人などというものは、何も気付かぬでくのぼうで困ったものだ」

グインは云った。

「陛下は、おやすみのお飲物はいかがなさいますか？」

「そうだな。いや、さきほど茶を持ってきてもらったので、それでよい」

「お酒は、あがられませぬか。もしおあがりになるようでございましたら、陛下お好みのお酒があちらの黒い箪笥のなかに入ってございます——もちろん、お申し付け下さればなんでもお好みのお酒やおつまみをお持ちいたしますが」

「今夜はもう、何も入らぬほど食ったし、飲んだような気がする」

グインは笑った。

「今夜は茶だけでよい。もう、おぬしも下がって休んでくれ。俺も適当にやすむことにする」

「さようでございますか。ではお花のことは間違いなくやっておきます。明朝は何時にお目覚めの御予定でございますか」

「いつもどおりだ」

「はい、では、ご朝食もこれまでどおり、次の間のほうにご用意いたしてお待ち申し上げております。ご朝食に何か御希望はございますか」

「いや、特にない」

「かしこまりました。――では、おやすみなさいませ、陛下」

小姓は、丁重に礼をしたが、喜ばしい気持に負けて、ひとこと付け加えた。

「また、陛下がここにお戻りになりまして、小姓組一同、本当に心からお喜び申し上げております。――また陛下のお身のまわりをお世話出来ますこと、こんなに嬉しいことはございませぬ。陛下、お帰りなさいまし――ずっと、ずっと皆のもの一同、首を長くしてお待ち申し上げておりました」

「心配をかけて、まことにすまぬことであったな」

優しくグインは云った。そして、小姓が感動して目をこすりながら立ち去ると、立ち上がって、自分で茶を茶碗についだ。

（忘れていたな――）

まるで、きのう、この宮廷を、この居室を立ち上がって出ていって――せめてほんの数日ばかり、留守にしていただけのようにしか思われぬのだが、と思いながら、グインはあちこち歩き回り、なんとなくわけもなく机の上の紙ばさみをひろげてみたり、あちこちに記憶どおりにものが置いてあるのを確かめたりした。それから、さすがに少し疲れたと感じたので、いったん着た服を脱ぎ捨て、簞笥をあけて、自分でゆったりとした清潔な絹の寝間着が用意されているのを取り出して着替え、乱れ籠のなかに着ていた衣類を放り込んだ。

なんとなく、おのれが、まったくきのう出ていって今日戻ってきただけのような気もしていたが、一方では、なんとなく、見慣れぬ場所に突然放り込まれた旅人のようにも、妙に落ち着かなく感じていた。だが、その清潔な寝間着——それももちろん見覚えのあるものであったが——を身につけると、その奇妙な違和感はあとかたもなく去った。それは、身丈も袖丈もすべてぴったりときわめて着心地よくグインにあっていたが、グインのような体格のものにとっては、そうして、抽出しをあけて入っていた衣類がぴったりと身丈にあっている、ということそのものが、それがまぎれもなく自分のためだけにあつらえられたものだ、ということのあかしにほかならなかった。

（不思議なことだ。——ひどく長い旅をしてきたようにも感じるし——いや、事実だが長い旅をしてきたのだ——それだのに、昨日から、まったく——ただ単にちょっと遠乗りにでも出掛けて、それこそどこかの別宮で一泊してきただけのような気持にもなるし……）

（なんだか——気になってたまらぬ。何がかはよくわからぬのだが……）

グインは小姓が丁寧に上掛けをとっていってくれた寝台に、どしんと身を投げ出した。

その、極上の寝台の寝心地も、充分に身に覚えのあるものであったし、上を見上げたときの、天蓋の内側に描かれている綺麗な風景画も、ちゃんとよく見知っているものであった。

疑いもなくそれは彼自身の居室――かなりもう長いこと、ここに住み、そこだけをいまではおのれの住む正しいすみかとみなしている居室であった。そして彼は、おのれを必要とし、愛してくれ、おのれの不在のために病気になるほどにも、おのれを待ち焦がれてくれているものたちのいるところに帰ってきたのであった。

アンテーヌ侯やハゾスだけではなかった。将軍たちは手荒な祝福で顔を真っ赤にして豹頭王の前に次々剣を捧げたし、優しいローデス侯ロベルトも、グインの手をほそい手でそっととって、「よくぞお帰り下さいました」と優しい声で云った。誰もかれもが手放しでグインの帰還を喜んでいたし、それを隠そうともしなかった。オクタヴィアも最初に会ったとき――それは、アキレウス大帝の寝所で明かした夜の、その翌朝であったが、しとやかな中にもおさえきれぬ嬉しそうな顔で、グインに帰還のよろこびの挨拶を告げ、そしてそっとしとやかに手をさしのべた。

そう、まさしく、ここそは、グインにとっていまや唯一のふるさとであり、帰り着くべきたったひとつの港であり――そして、グインは無事についにそこにたどりついたのであった。長いさすらいと不安な冒険のはてに――そして喜び迎えられている。

(だのに――何だろう。この奇妙な……落ち着かぬ気持ちは……)

グインは、自分でろうそくの上にふたをかぶせてあかりを消すと、暗くなった寝室で寝台の上によこたわり、まだ布団を上までひっぱりあげようとせぬまま、自問自答した。

（何故こんなに——落ち着かぬ心持になるのだろう。……何が間違っているのだろう。——いや、間違っている、というわけではない……）

最初は、グインは、それを、おのれの記憶のせいか、とも考えてみたのであった。

この違和感、奇妙な、不安な、どこかがむずむずするような感じ、何かが間違っている、という感覚は、実を云うと、サイロンをパレードしていたり、アキレウス大帝と会ったときにはまったくおこることもなかった。それが最初に起きたのは、結局、きょうの午後からだったのだ、ということを、グインはやっと自分で納得していた。

（だったら——記憶のせいではない——確かに、なんだか、何かを忘れてしまったような、とても大切なことをいろいろと思い出せずにいて、どうしても思い出さなくてはならぬのだが、というような……不安な気持ちはどうしても去らぬのだが……）

（だが、そのせいばかりではない。それは——パロにいるときから、ずっとつきまとっていた感覚だった。……どうしたのだろう。俺は——何をこんなにむずむずとしているのだろう……）

（何かがうまくいっていない……という感じがするのは——何かが変だという感じ——何かが妙だ、という感じ……）

グインは、あれこれ考えるのが辛くなり、思い切って布団を首まで引きあげた。

そして、その感覚のおかげで眠られないのではないかと心配していたが、案に相違して、さしもの彼もやはり疲れてしまっていたのに違いなく、そうして暗がりで目をとじたとたんに、彼はぐっすり眠ってしまった。

　眠りのなかで、彼はだが、ひどく気がかりな夢をみて、そのおのれの気持の正体につきあたった心持であった――（ああ、そうだったのか！）というような気持で、夜中に、夢のなかで彼はひとりでひそかに納得していた。だが、目がさめてみると、その夢はあとかたもなく忘れ去ってしまって、ただまた同じ気がかりな、不安な、落ち着かぬ気持ちだけが残っていた。むしろ、もっと強くなっているくらいだった。

しかし、夢を思い出しているいとまもなく、今度は現実のほうが、彼にその懸念のみなもとをつきつけてくることになった。

　もう一度、朝食をともにするか、あるいは朝食のあとで、訪問してよいか、と小姓にきかせてやったグインに対して、彼の王妃シルヴィアは「不例のため、会いたくない」という返答を、またしても小姓に持たせてかえしたからである。ここにいたって、ついにグインも悟らぬわけにはゆかなかった。シルヴィアには、何かが起こっていたのだ。

第三話　腐　臭

1

というようなわけで、だが、その日も夜になるまで、グインはおのれの王妃のもとを訪れて、おのれの気がかりの原因を追究する時間がなかった。

午後一番で盛大な観兵式が、黒曜宮前の大広場で予定されていたし、それはこのような急場で決まったものとして出来うるかぎりの規模になるはずであった。また、たえず鍛えられ、訓練されているケイロニアの軍人たちは、このような急な観兵式だの、出兵だの、といったいわば「非常事態」にこそ、いかに日頃からの鍛錬のほどを発揮できるか、というのを非常に誇りにしていたのである。長いこと準備されたものではなく、その場で行進したり、指揮官の号令に即座に反応したりするためにこそ、かれらは毎日毎日、きびしい訓練に従事しているのであった。

観兵式は大変盛大で、しかもにぎにぎしいものであった。黒曜宮の大門前に、巨大な足場が組まれ、その上に臨時の玉座が設置されて、そこがグイン王とその側近たちのロイヤル・ボックスとなった。

アキレウス大帝はまた、この観兵式のはじまりにだけ顔をみせて、手をふっておおいにケイロニア全軍団の意気をあおってから、オクタヴィア皇女とももども退出したが、それで充分であった。すでに、アキレウス大帝がかなり健康を取り戻しつつあることは、ケイロニアの軍人たち、文官たちのあいだによろこばしいうわさとなっており、そうやって元気な顔を短時間でも見せられるようになったことで、いっそう人々は意気あがっていた。それに、本来この観兵式はグイン大総帥のためのものであった。

観兵式はかなり時間がかかったが、それでもせいぜい三ザンくらいのものであっただろう。それが無事おわると、顔を火照らせたケイロニア軍人たちは、玉座の前に居並んだ十二神将、そしてさらに大勢の将軍たち、お偉方たちの前でケイロニア万歳を三唱し、それから「マルーク・グイン！」をとなえ、そして粛々と順番を待って引き揚げた。騎士たちにはささやかな褒美の品と酒が騎士宮で分配され、かりだされてこれまた粛々と日頃の鍛錬のほどを披露した軍馬たちにもご褒美の特別にうまい角砂糖が与えられた。

そのあとは、将軍たち、尉官以上のものたちを集めてねぎらいの小宴がもたれたが、これは時間も早く、酒は出されずにお茶菓子ていどのものでしかなかった。そして、外国の使節たち大使たちほかを集めての帰国祝いの宴のほうは、正式に三日後と決まったので、その夜は、十二選帝侯会議がケイロニア王を帰国祝いの晩餐会にお招きしたい、という申し出があったくらいで、いったん公式行事はさたやみとなった。いかに人海戦術も出来るケイロン宮廷にせよ、急ぎでやることには限度があるので、趣向をこらした宴会や祝典のためには、やはりあるていどの時間が欲しかったのである。

むろんグインは選帝侯会議の招待を快く受けたので、黒曜宮のなかの別殿にもうけられている十二選帝侯のサイロンでの居住区域のうち、長老アンテーヌ侯の大広間を選んで、晩餐会がもうけられた。これもやはり、遠かったり、所用のためにサイロンにかけつけることのかなわぬ四侯は名代を出すことしか出来なかったが、それはどのみちたいした問題ではなかった。

十二選帝侯はアンテーヌ侯をはじめとして、かなり年輩のものも多かったので、晩餐会は比較的早い時間からはじめられ、比較的早い時間に終わった。それまでは、グインはまったく、そのおのれの《懸念》と向き合っているいとまもありはしなかったのだった。

だが、晩餐会が終わって、いよいよおのれの室に戻ってくるということになると、こんどは、朝送ったはずの花がどのように効果をあらわしているかどうか、また、この奇妙な、ささやかな、それでいてひどく気がかりな「異変」が、その後今日一日をへてどのように変わったか、を見極めなくてはならなかった。グインはなるべくそそくさとと見えぬようにおのれの居間に引き揚げると、早速、小姓を呼び寄せたが、シルヴィア王妃から、一年ぶりに帰国した良人が送った花に対する礼状などはまったく届いてきておらぬことを発見しただけだった。

そこで、グインはもう一度――こんどはもう当直が変わっていたから、違う小姓であったが――小姓に、「ただいまより、帰国の御挨拶にお伺いしたい」という口上をもたせて、王妃宮に送り込んだ。そして、晩餐会で身につけていた準正装を、マントはぬいだけれどもまだ身につけたままでじっと返事を待っていたが、またしても小姓の持ってきた返事は、「もう、王妃陛下はおやすみになっておられ、おからだの不調により、どなたにも会いたくないといっておられます」というすげないものにしかすぎなかった。

ここにいたって、ついにグインはたまりかねた――それは当然であった。何をいうにも、かれらは正式に神々の前で結婚式をあげた夫婦であったのだから。それに「誰にも会いたくない」といったところで、「夫」であればおのずと話は別なのではないか、と夫が期待したところで、何の不思議があっただろう。

それに、グインは、シルヴィアが、よくこういうときに、本当はしてほしいことと正反対の拗ね方をする女性である、ということくらいは、よくわきまえていた。それゆえ、しばらく躊躇していてから、この度重なる拒絶は、もしかすると「何をぐずぐずしていてなかなか自分で直接来ようとしないのよ！　本当なら、何をさておいても、私のところにくるのが、夫だったら当り前じゃあないの！」というようなシルヴィアのメッセージそのものなのではないか、という気がかりがひどくつのってきたので、ついにたまりかねて、自ら重い腰をあげて、王妃宮までとにかく出むいてみることにしたのであった。

いささか気の毒そうな、だがそのようすをみせまいとしている小姓の微妙なようすにかえって少しばかり傷つけられながら、グインは準正装の長いマントを普段用の短いものにとりかえて、下はそのままで、王妃宮へと、ごくわずかな供を連れただけで出かけていった。王妃宮は王のための一画から、直接に長い回廊でつながっており、ただ、建物に入るためにはそこにまた、きちんとよろいかぶとをつけた武装女官の護衛が数人立っていて、その誰何を受けなくてはならなかったが、グインに関してはその必要がなかったのはむろんである。だが、その玄関から先は、まったくの男子禁制の建物であった。あらかじめ、この小殿の女あるじによって許可証を与えられている男性だけが、このさきにすすむことが出来たのだ。

グインはいささかためらいながらこの王妃宮の玄関へ入っていった。もともとは、新婚の当時には、グインとシルヴィアはもちろん、こうしてはなればなれに暮らしていたわけではなく、新婚の王夫妻のための特別にしつらえられた宮殿で、仲むつまじく――とはいえないまでも、それなりに蜜月の夢を結んでいたのである。だが、あまりにも早くその蜜月は破れ、まだその蜜月をどちらも味わいつくしたともいえぬうちに、グインには出動の命令が下ってしまっていた。

そのときにシルヴィアがどれだけだだをこね、また、どれだけ出発しないでくれ、自分を置いてゆかないでくれと泣いてすがったかを知っているものであったならば、誰でも、いま戻ってきたグインが彼女のもとをたずねるのに感じている気後れを不思議とも思わなかったに違いない。まさしくシルヴィアは拗ねているのだろう――それも、ひとかたならぬ、容易ならぬすねかたでだ。それを、ほぐしてやらねばならぬ、と思うことは、ましてや、グインにしてみれば――決して女性の心をあやつるに、人馬を自在に配置して戦闘の場であやつるほど長けているわけではない、ということは自分でも承知の上であったから、なかなかどうして大変な難儀であった。

しかし、これはどうあってもおのれがいずれは直面せねばならぬことなのだ、とグインは自分に言い聞かせ、びっくり眼で自分を見上げてあわてて敬礼する武装女官たちを尻目にかけて王妃宮のなかに入っていった。

グインは決してそうしたごくごくデリケートな雰囲気だの、空気だの――ことに女性心理だの、といったものにはそんなに詳しいほうでもなければ、経験ゆたかなほうでもなかった、それは確かである。だが、そのグインでさえ、一歩この王妃宮に足を踏み入れたとたんに、なにやら、異様な緊張しきった空気といったようなものが、ここには張りつめているようだ、ということに気づかないわけにはゆかなかった。

たとえば、王妃宮に一歩足を踏み入れたとたん、そこは、いかに夜とはいえ、異様なくらいに暗い、ほとんど真夜中ではないのか、と思われるくらいに暗いあかりしか灯されていなかった。その暗さはかなり異様であった。それがもしもシルヴィアの命令であるとしたら、シルヴィアはおのれのすまいのなかで、ごくふつうのあかりにさえ目が耐えられないようななんらかの理由があったのだとしか思われない。それでもむろん、沢山の女官、腰元たちがつとめているので、いぎたなく散らかっているようなことはなかったが、しかし、なんとはなしに、この建物のなかには、黒曜宮のほかの建物では決してあり得ないような、放縦とだらしなさの底流がひたひたと流れていることが感じられるようで、グインには不気味であった。それは、たとえ女官たちそのものは懸命にちゃんとまともにしようとつとめていても、そのあるじ、この家のそもそもの一番の権力者であるあるじがそうでない場合に、まるで目に見えぬ疾病のようにその家をむしばんでしまう、あの奇怪でしかもまぬかれがたい自堕落の病のようであった。

それに、なんとなく異様なにおいが漂っていた――むろん、沢山の女官たちが綺麗に整理整頓して掃除もしていたのだから、ものが腐敗していたり、ごみのにおいがしたりするわけもないのだが、それでいながら、なんだか放縦な、なんだか不愉快な、グインなどにはことに耐え難い、はっきりと「悪臭」といっていいものが、一応掃除されたこの空気のどこかしらにひそかにかくれひそんでいた。においにことのほか鋭敏なグインは豹頭の鼻をしわめ、だがともかくそれらのこまかな徴候はすべて無視することにして、王妃宮の玄関を通ると、「王妃陛下に、グイン王がおたずねしてお目にかかりたいと願っている」と伝達してくるよう、女官たちに言いつけた。もとよりグインのともなってきた小姓たちは、この男子禁制の建物に入る許可証は持っていなかったので、外の廊下で待たされていたのである。

グインを出迎えるために出てきた、お仕着せをつけて、どことなく無気力そうなどろんとした顔をした女官たちは、ためらいがちな顔を見合わせた。

（あなたいってらっしゃいよ）

（ええ、私いやよ。あなたこそ、いってらっしゃいよ）

（なんで、私このあいだもうかがったじゃないの。そのときあのかた、ガラス瓶をつかんで投げつけたのよ。あやうく私の顔にあたるところだったわ。私いやよ。誰かいってきてよ）

女官たちはこそこそと囁きあった――それもまた、この黒曜宮の他の場所では、想像もつかぬようなことであった。この秩序正しい黒曜宮で、しかも王の命令が、すみやかにおこなわれるかわりに、こうして互いに不愉快な譲り合いだの、ひそひそ話でむくわれることなど、まったくありうべからざることだったのだ。グインの目が鋭くなったが、女官たちは、なおもそっとうしろのほうで囁きあっていた。

「何をしている。早く、王妃陛下に申し上げて来ぬか」

ついにたまりかねて、グィンは珍しく大喝した。そもそもの最初から、彼が大股に王妃宮に入ってきたとたんの、女官たちの仰天した顔、なんとかして彼の入ってくるのをさまたげられぬか、といいたげなようすなどが、気になって気になってたまらなかったのだ。それでも懸命に彼は相手が女官たちであることを考えて爆発をこらえていたのだが、ほかではまず見ることの出来ぬような、ひそひそとしゃべりながらいっこうにおのれの命令をきこうとせぬようすに、ついに我慢がなりかねたのであった。

グィンが大喝したとたんに、女官たちはわれがちに逃げるように奥に駆け込んでいった。だが、いくぶん茫然としたグィンがじっと待っていると、またしても、奥から、彼女らはばらばらと、すそをかきあつめ、算を乱したようすで逃げ出してきた。

「王妃さまは、どなたにも、お会いになりたくないといっておいでてございます」

なかの年かさのひとりがおろおろしながら言上した。この女官たちが、なにやらひどく何かをおそれているようすなのに、グィンははじめて気づいた。それはあるいは、シルヴィアの機嫌なのか、とも思われた。

「何をいっている。——ともかく、ひと目直接会って話をせねば、容態が悪いのかどうかもわかるものではないだろう」

グィンはまた声をあらだてたくなるのをぐっとこらえた。それほどに、起こっている事態は理不尽であり、長い旅——しかもそれは任務として命じられたものであって、きびしいさまざまな試練をはらんでおり、凱旋と無事帰国を喜び迎えられこそすべきであっても、こんな目にあっていいようなものではありえなかったのだ——が終わってやっとここに帰ってきた新婚の夫があわされていいようなものではないと、しだいにさしものグインにも思われてきたのだ。

グインはもう声を荒らげなかったが、それでも女官たちには充分に効果があったとみえて、女官たちはびくっとしてひとかたまりに、風に吹かれる少ししなびたオトメグサのようにかたまりあった。そして、少しでも同僚のうしろに身を隠したいようにおしあいへしあいした。

それをグインは、軽蔑の目で見た。べつだん、男尊女卑というわけではなかったが、グインはおのれの任務をきちんと果たすことの出来ない人間に対しては、男女をとわず、とてもきびしかったのだ。グインはもう、このうろたえ者どもを相手にするのをやめることにし、いきなりマントをひるがえして、奥に入ってゆこうとした。

女官たちのあいだには大変な騒ぎがおこっていた。それこそ、恐慌状態、といっていいくらいであった。

「お待ち、お待ち下さいませ！」

「駄目です、いま奥へいらしては……」

「男子禁制でございます。ああ、どうか……」

「ごしょうでございます、陛下！　お通しいたしましては、わたくしどもがあとで叱られます！」

「何をいうか」

かっとなって――さしものめったにかっとせぬグインも、内心では、苦しく難儀な長い遠征から戻って、妻に迎えられる、という、夫としてあまりに当然の権利と思われることをはじめから拒まれた上、こちらから辞を低くして面会を乞うてさえ、それをもいくたびもはねつけられる、というありうべからざる事態に、かなり苛立ってはいたのだ――グインは決めつけた。

「男子禁制とは何のことだ。そもそも俺はあれの夫であるのかないのか、どちらだ。夫に向かって男子禁制もへちまもあったものではなかろう。そこをどけ、通せ」

「ああ、お願いでございます！」

「わたくしどもが怒られます！」

「陛下は王妃陛下のお怒りの恐ろしさをご存じないのでございます！」

これがまた、グインをかっとさせた。もとより、それを誰よりも、ごく短い新婚生活のあいだにさえ、ぶつけられるはめになっていたのは、彼ではなかったか。このけしからぬ女どもを、グインは、相手がかよわい女であること、おのれとのあまりの体格差や力の差のことを考えて、力づくで乱暴におしのけこそしなかったが、トパーズ色の目をかっとむいてにらみつけて大喝すると、女官たちは恐怖のあまりへなへなとなった。

「そこをどけ！」

怒鳴られた女官たちが蜘蛛の子を散らすように逃げ散ってしまったので、グインは、そのまま、ずかずかと大股に奥へ入っていった。

王妃宮はグインが遠征に出てから、シルヴィアに与えられたもので――いや、それまでも公式のものとして与えられてはいたが、シルヴィアはグインとの新婚の間で暮らしていたから、王妃宮はシルヴィアの荷物置き場とか、またたまに公式接見の場としてしか使われていなかったのだ――それゆえグインはその地理にはもとよりあまり通じていなかったのだが、しかしグインはそんなことにはいっさいかまわずに、奥へ、奥へと入っていった。ともかくも、奥へ入ってゆけばいいのだろう――必要とあらば、片っ端から室の扉をこじあけてでも、シルヴィアをたずねあててやる――怒りが、グインの心をたかぶらせ、そのような思いで一杯にしていた。

女官たちは、いったん逃げ散ったけれども、そのあとまた、蜘蛛の子がそろりそろりと集まるように玄関の広間に集まってきて、そーっと身をよせあったまま、こわごわと豹頭王が廊下を入ってゆくのを見送っていた。そもそも、この王妃宮は、婦人宮でありながら、通常よりもずいぶんと使用人が少ないようにグインには感じられた。主王宮はまったく別としても、婦人宮には男性のあるじのいるところよりも、基本的に、使用人が多くなりがちなのは当然だったからだ。だが、まさかそーっとのぞいているこの女官たちがこの王妃宮の全部の使用人であるはずはないのにせよ、ずいぶんとそれは少ないようだったし、そもそも、もっといるのだったら、これだけの騒ぎがおきているのだから、どんどん様子を見にやってくるのが当然であるはずだった。

だがそれも委細かまわず、グインはさらに奥へ進んでいった。さっき女官たちが王妃に伝言を伝えにいった方向にまっすぐに進んでゆけば、いずれはどこかにはゆきあたるだろうと思ったのだが、そのうちに、道は突き当たり、右にゆくか、左にゆくか、一瞬迷うところとなった。グインがふりむくと、廊下のはしっこから首を突きだしていた、女官たちの頭があわてて引っ込んだ。

「おい」

グインは怒鳴った。

「どちらだ。右か。左か。云え」

「み——右にお曲がりになりまして、もう一度右に……」

誰かがかぼそい声で云った。それで、グインはすぐに大股に右に曲がり、そのつきあたりをさらに右に曲がった。

なんとなく、異様な感じ——おのれの妻の住んでいるところを訪問したというだけのはずなのに、まるで、世にも奇怪な、怪物の巣くっているあやしい魔境を探検している冒険児にでもなったようなグインの感じは、ますます強まるばかりだった。なんとなく奇妙な既視感がグインをとらえた。まるで、恐しい怪物がひそんでいる洞窟にでも入ってきたかのように、グインは油断なく左右に目を配りながら進んでいったが、その異様な感じは、あるいは、奥にゆくにしたがって、ますますあたりが暗く、そしてもう何日も、ひょっとしたら何ヶ月も窓や扉をあけて新鮮な空気を通したことなど、なかったかのように、ひどく空気がよどんでいてにおうような感じがすることからいっそう強められたのかもしれなかった。あたりの調度はどこからみても、壁紙にせよ廊下に作られた壁龕から突き出ている燭台にせよ、また扉の彫刻にせよ申し分なく贅沢で豪華な、黒曜宮のほかの部分とまったく遜色のないものであったのに、なぜこの場所だけがこんな異様な暗い、そしてぶきみな感じをあたえるのか、考えてみれば奇妙というしかなかった。

二度目に右に曲がるとそこには分厚い暗紅色のびろうどの幕をかけられた大きな扉があった。グインはそれをあけようとした——なかから、鍵がかかっていた。

グインは、その扉を拳をかためて叩いた。しばらく沈黙があって、それから、かぼそい声が、そのなかから答えた。一瞬、シルヴィアの声か、と思ったが、違っていた。

「どなたですか。皇女殿下はどなたともお会いになりたくありません」

「俺だ」

グインは声を荒らげて怒鳴った。扉のむこうで、はっと、おそらくただひとりそこに入ることを許されている、気に入りの女官かなにかなのだろう、かぼそい、疲れはてたような声が、すくむのが感じられた。

「ど、どなたです。俺とおっしゃるそのお声は……ここは、男のかたはお入りにはなれませぬ——たとえ、アキレウス陛下であろうとも……」

「やかましい」

グインはすでにもう、ここまでに相当かっかとさせられていたので、また怒鳴った。

「シルヴィア王妃に云うがいい。お前の夫が、長旅から帰ってきたのだ——多少の不例があっても、そちらから出迎えるのが当然ではないのか、とな。それをこちらから、こうしてたずねてきているのだ。それを男子禁制の名のもとに追い返すとは何事だ。この扉をあけろ。でないと、扉を叩き割るぞ」

「ひッ……」

豹頭王であれば、まことにそのくらいのことはしかねない、と思ったのだろう。息をのみ、ほとんど悲鳴のような声をあげるようすがして、それからまた、息も絶え絶えのような声が云った。

「いけません。ら、乱暴をなさらないで下さいませ。皇女さまは、御加減がとてもとてもお悪いのです。そんな乱暴をなさったら死んでしまいます」

「だったら医師にかけなくてどうする。さあ、ここをあけろ。もうちょっとは理性的にふるまうことは出来ないのか、この王妃宮のものはどいつもこいつも頭がおかしいに違いない。さあ、あけろ。あけぬと、本当に扉を叩き割るぞ」

「お、お待ち下さいませ」

また、悲鳴がきこえた。

「あけます。あけますから、どうか、そんな乱暴をなさらないで下さいませ。扉を割られたりなさったら、そのあと……」

ヒーッと、かすかに泣き声がして、がちゃがちゃと、たぶん何重にもかけられている鎖だの、錠前だのをはずすらしい音がした。それから、ほそく扉があいた――

その刹那、グインはぐいとばかり、その扉の把手に手をかけ、それを押し開いていた。怪我をしていてさえ、タイスの地下水路の鉄格子をさえはぎとることが可能であったグインの怪力である――もっとも、そのことは、いまのグインはまったく記憶してはいなかったのだが――グインの力の前に、わけもなくその扉は開いた。とたんに、むうっとつきあげてくるような悪臭に、グインはげっとなった。

「な、なんだ、この匂いは！」

それは、なんともいえぬ、まるでそのなかで、人間が生きたまま生き腐れてでもいるかのような――同時に、花だの果実だのが、沢山積み上げられたまま腐って腐臭を放っているかのような、ひどく神経にこたえるイヤな匂いだった。嗅覚の敏感なグインはみるみる鼻にシワをよせ、手で鼻をおさえた。

扉のあいだからそっと顔をのぞかせた女官は、みるからにやせ細って心労と心痛とのためにいまにも自分こそ死んでしまいそうだ、というようなありさまであった。髪の毛もくしゃくしゃになっていたし、一応さっきのホールにいた連中と同じ、王妃づきの女官のお仕着せをまとってはいたが、それももう、何日も着たきりすずめである、というようなようすで、それこそ汚れきって垢にまみれているようにさえ見えた。彼女はまだそれほどの年齢とも見えなかったが、とうてい、この黒曜宮の王妃づきの女官、などという高い地位にあるとは思えなかった。そのおどおどした、なかば狂ったような目が、グインを見上げて烈しくまたたいた。

「おいでになってはなりません」

弱々しく、だが狂おしく、彼女は口走った。

「皇女さまは、御加減がおわるいのです。どなたも、このなかにお入りになってはなりません」

2

「えい、まだそんな寝言をいうか——」

グインは、またしても腹にすえかねた。

だが、こんどは、ぐいと押しのけようにも、あまりにも相手は弱々しげで、そしてへこたれきっているように見えた。

「何故だ」

グインは思い直して、けわしくたずねた。

「いったいなぜ、俺が入ってはいかんのだ。他の者はともかく、俺はあれの夫だぞ。それともお前は、俺があれの夫であると認めんというのか」

「め、滅相もない。豹頭王さま」

かぼそい声で相手は答えた。それから、気が付いたように、ひどく弱々しい、いまにもくずおれてしまいそうなようすで膝をついて、貴婦人が帝王にする礼をした。

「申し上げるのがお――遅れて、失礼いたしました。わた――わたくし、シルヴィア皇女さまづきの女官で、クララと申します」

「クララか。お前だけが、この奥に出入り出来るのか」

「さようで——さようでございます」

クララが、ひどく疲れきって、もうそれこそ、いまにも倒れてしまいそうなくらい弱り切っているのにグインは気付いた。

「どうしたというのだ」

グインはたずねた。

「いったいなぜ、お前はそんなに弱りはてている。この奥で、いったい何が起きているというのだ」

「ずっと——ずっと、皇女殿下をご看病……申し上げておりましたので……それで……」

クララはかすかな声で、息も絶え絶えというようすで云った。

「シルヴィアさまは……わたくし以外のものを……一切お信じになりませんので……わたくししか——お身のまわりに近づけようとなさいません。——それで、わたくし——もう、何ヶ月も、お宿下がりも——一日お休みをいただくことさえ、許されないで、ずっと……シルヴィアさまのおそばにお仕えしているのでございます。——ほかのものがかわろうといたしましても、シルヴィアさまが、ご承知なさいませんので……」

「何ヶ月も、つききりで、だと」

呆れて、グインは云った。

「それでそのように弱りはてているのか。まるで、お前のほうが病人ではないか。シルヴィアの具合というのはどう悪いのだ。病気なのか。どういう案配なのだ。宮廷医師団に見せなくてよいのか」

「い――え……それはあの……」

クララの痩せてやつれはてたおもてに、激しい動揺の色が走った。クララは、いまにも倒れそうなからだを、やっとのことで、ドアにもたれるようにして支えた。

「それはあの……どうか――」

「病なら、ただちに医師に見せずばなるまいが。いったい、どこが悪いのだ。どこか痛がるのか。このような薄暗い、不潔なところにいてはよけい病が甚だしくなるのではないのか。他のものたちのいうことは聞かずとも、この俺はあれの夫だ。俺の言葉ならば、あれも耳を傾けよう。ともかく、俺を通してくれ。あれに会わせてくれ。あれの枕辺へ、案内してくれ。頼む」

「いけません」

クララはかすかな声をひいた。見るからに、力つきてしまったかのようにみえた。

「どうか、お許し下さいませ。どうかもう――どうかもう……お戻り下さいませ。お願いでございます。——どうか……どうか……」

「何を云っている」

グインはまたかっとした。

「お前に指図をうけるいわれはないぞ。ともかく、シルヴィアに会わせて貰うぞ。そこを通る。どけ」

「いけ——ません……ごしょうでございます……」

クララはいきなり、その場にくずおれた。

そのまま、グインの足にすがりついて、啜り泣く声をあげたので、グインは仰天したが、しかし、もう見るからにそのまま息絶えてでもしまいそうな女官を、蹴りはなすことも出来なかった。

「何をする。はなせ」

「どうか……どうかお許し下さい……わたくしが、罰をうけます……わたくしが折檻されます……シルヴィアさまの折檻は……ほんとに厳しいのです……お願いです。ごしょうです——わたくしを、あわれなクララを助けるとお考えになって……どうか——どうか……」

「はなさんか」

けわしくグインは云った。胸のなかにふくれあがる、不快な疑惑ときしみはいまや、最大限にまでふくれあがっていた。グインはうつむいて、クララの手首をつかんでおのれの足からもぎはなした。それはそれこそ、棒のように、骨と皮ばかりのように細くやつれ、痩せおとろえた手首であった。

グインにもぎはなされると、もう何をする力もないかのように、クララはそのまま、その場にくずれ落ちて啜り泣いた。この世でもっとも無力な——とさえ感じさせる、あわれな啜り泣きであった。

その、啜り泣きに、もうひとつのかすかな啜り泣きが混じった。

グインははっとした。思わず耳を傾ける。その声は、もうふたつばかり奥の室から聞こえてくるようだった。クララのそれほどに無力な啜り泣きよりも、さらにもっとずっと狂おしく、そしてすべての希望を失ってしまったかのような、世にも哀れな、世にも不快な歔欷とうめき。

「何なのだ、いったい……」

グインは思わずひとりごちた。そして、いくぶんためらった——このまま引き返したほうがいいのではないか——このまま、先に進んでゆくと、何か、ひどく見たくないものを見てしまうことになるのではないか、というような、奇妙な気持が、グインをとらえてしまったのだ。

だが、グインは、しいておのれを嘲笑った。なんということだ——今日の昼には、ケイロニア全軍に叱咤し、号令を下していた大将軍、ケイロニア大総師ともあろうものが、いったいここで、かよわい女どもをあいてに何をおそれることがあるというのだ、と思ったのだ。

(それに、シルヴィアは——俺の妻だ。よしんば——そうだ、よしんば、何かまたとない不治の業病にでもかかり、ふためと見られぬ姿にでもなって——それで外にもう出てきたくないといっていたのであろうとも——そのくらいでは、俺の心はかわらぬ、ということをこそ、保証してやって、ともかく何はなくとも一刻も早く、シルヴィアにちゃんと手当を受けさせてやらぬことには仕方ないではないか……)

そのようにおのれに言い聞かせ、泣き崩れて力なくヒーッ、ヒーッと喘鳴のようにむせんでいるクララを置き去りにして、グインはさらに、暗く魔窟じみたその室の奥へと進んでいった。

次の室はさらに暗く陰惨であり、このへんはおそらくもうシルヴィアが、扉をしめきって他の女官たちをも、片付けたり掃除をしたりする下級女官たちをも、いっさい入れようとしなかったからだろう。何ヶ月も掃除などしたこともないかのような感じで、散らかり放題であった。沢山の花が手当たり次第に花瓶に入っているようすがおぼろげに見てとれたが、それはもうすっかりみな枯れて腐ってしまっていて、おそらく、このたまらないほど不快な室全体をつつむ腐臭をたてているのは、その花瓶のなかで腐った花と、その花をつけてある水であったのかもしれない。

いよいよグインの鼻にはシワが深くなったが、それでもグインはさらに奥へ入ってゆこうとした。

一番奥の室は、ほとんど真っ暗であった。分厚いカーテンがしめまわされ、中がどうなっているのかさえ、わからなかった。その奥のほうに誰かがいた――そして、かぼそい、さきほどのクララの声よりもさらにさらにかぼそい哀れをもよおさせる子供のような声が、ずっと泣き続けていたようなかすれた調子でたずねた。

「クララ？　クララなの？」

「俺だ」

さすがに、グインは、驚かさぬよう、声をやわらげた。だが、それでも、その声は、まるで突然目の前に雷が落ちたよりももっと、その《洞窟》の奥にたてこもっている野獣のようななにものかを、怯えさせたようだった。

「ヒッ！」

いきなり、するどい悲鳴が響いた。

「誰。誰なの、この男を――ここに入れたのは。すぐにつまみ出して――クララ、クララ！」

「シルヴィア。俺だ。グインだ。あなたの良人だ」

グインは、それでも、不器用に、妻の心をなだめてみようとかかった。

「たいへん、長いあいだ留守にしてすまなかった。――そうしたかったわけではないのだ。本当に、すまぬことをした――さぞかし、長いあいだの無音を怨んでもいるだろう。だが、もう大丈夫だ。もう、俺はあなたのそばに戻ってきたのだ。きのうから何度もたずねようとしていたのだが、きっと女官どもが、俺だということを云ってくれなかったのだろう。――具合が悪いのか？　たいそう心配しているぞ。どこが悪いのだ。どこがどのように病気なのだ？　医師に見せなくては――」

「あっちにいって！」

かすれ声の、喉も裂けよという絶叫が、そのいらえであった。

「あっちにいってよ！　ああ、いやあああ！　あっちにいって、こっちにこないで！　ああ、お願い、こちらにこないでえ！」

かすれた、痛々しい叫びと同時に、いきなり何かが飛んできた。グインはちょっと身をひねってよけた――それは何か、そのへんにありあわせた什器であるらしかったが、なかに水が入っていて、それがばしゃりとそのあたりに飛び散った。

とたんに、恐しい匂いがした。グインは仰天した。それは、明らかに、小水のにおいのようにしか思われなかったのだ。その上に、吐瀉物のにおいも室の奥のほうからしてくるようだった。もしかしたら、室の主は、この室からどうしても出ようとせずに、この室のなかで、すべての生理的な用を足していたのではないか、と思った瞬間、グインは、まるで水に落ちた犬が水からあがって水を切るときのあの本能的な動きのように、ぶるぶるっと身震いをした。

「あっちにいってったら！　ああ、お願い！　こっちにきたら死んでやるわ。こっちに来ないで、こっちに来ないで、こっちに来ないでえ！」

シルヴィアは叫んだ。世にもあわれな、かすれ果てたしわがれ声、まるで老婆のようなしわがれ声であったが、意味ははっきりとしていた。

「シルヴィア——どうしたのだ。落ち着いてくれ——長いこと、サイロンをあけていたのを、そんなにも怒っているのか。だが、この状態はただごとじゃあない——さあ、とにかく、ここをあけて、少し風通しをよくさせてくれ。そして落ち着いて話をしよう——からだの具合はどのようなのだ？　俺はとても心配していたのだぞ——長い遠征が、さまざまな事故により、思いのほかどんどん長引いてしまったので、どんなにあなたが心配していることだろうと、ずっと気に懸かっていた。だが、戦場では、手紙ひとつ出すに思うにまかせぬし——それに、そうだ、聞いてくれ、シルヴィア。俺は、長いこと、記憶を失っていて……」

「あっちにいって！」

シルヴィアは、聞いていたとも思われなかった。

いっそう、やっきになったかすれ声で、シルヴィアは叫びたてた。

「あっちにいってったら！　ああ、いや、誰にも——誰にも会いたくなんかないんだから！　消えて、どこかにいって！　あたしの前から消えて！　この世界ごと何もかも消えてしまったらいい！　ああ、あたしほど不幸せなものがあるかしら、ああ、ああ！」

「シルヴィア」

シルヴィアがだが、少しまとまったことばを口にしたので、少しは錯乱がおさまり、おのれのことばが耳に入ったか、と感じて、グインは声を優しくした。

「シルヴィア。とても長い不在になってしまって、心配をかけたのだろうが、もう大丈夫だ。もう大丈夫だ——きっと、また、いろいろと——宮廷のものたちのことが心配だったりもしたのだろう。だが、もう俺がいる。俺が戻ってきたのだから、もう何も案ずることはないのだぞ——もうこれからは、どこにもゆかずに、俺がそばにいるのだから。ずっとそばにいる——もう、どこにもゆかぬ。アキレウス陛下も、もう当分、お前は決して国外へは出さぬとおおせだった。また、新婚を最初からやり直そう——」

「いやあああああ！」

いたいたしい、狂ったような絶叫だけが、グインへのいらえであった。

「いやあああああ！　いやーっ、いや、いや、いや！　来ないで、来ないで、来ないで！　お願い、出ていってよう！」

「シルヴィア――」

グインは、鉛のように重たくなってくる胸を、なんとかしてしずめようとしながら、なおも懸命に気を取り直して話しかけようとした。

「シルヴィア。そうだ、とにかく、少しこの室にあかりをつけてよいか。こう暗いことでは俺にさえ何も見えぬし、第一こんな暗くて不潔なところにいては、気が滅入ってしまって、よくなる病も悪くなるばかりだろう。あの女官どもは、そのようなこともしてくれなかったのか？　だとしたらそれはまったくけしからぬ。全員、入れ替えてしまわなくてはなるまい。――さ、とにかく、あかりをつけさせてくれ。そしてあなたの顔をみせてくれ――久々に、夫と妻が出会ったのだ。少しばかり病でやつれていようと、それはいっそうあなたを大切に思う気持を増させるだけのことだ――」

「あかり！」

いきなり、しかし、洞窟の奥の暗がりにうずくまって、毛布をかぶっていたらしいけだものは、激烈に反応した。

「あかり、いや！　あかりつけるの、いや！　あかりをつけないで！　あかりなんかつけたら、舌を噛みきって死んでやるわ！」

「何をいっているのだ――」

グインは驚愕もしたが、しかし、シルヴィアがとても激情的な性格で、かねてから、かっとなればそのようなことをひんぱんに口にすることはわかっていたから、それほど打ちのめされはしなかった。ただ、心が本当にどんどんどん、シルヴィアの声をきくたびに、ずっと待ちかねていた新妻と対面をはたした夫にあるまじき重たさで沈み込んでゆくことだけは、どうすることも出来なかった。

「シルヴィア、落ち着いてくれ。まだ、俺がずっとあなたを放ったらかしておいたと拗ねているのか。それは本当にすまなかった——何度でも、わびなくてはならぬと思っている。ちゃんと、これからは、あなたの胸が癒えるようにするから——どのようなことでも、あなたがしろというのならしよう。そして、あなたの希望どおり、あなたがすっきりするまで——」

「イヤ!」

さらに激烈な叫びとともに、こんどはばらばらといろいろなものが手あたりしだいに叩きつけられてきた。だが、それはもう、おそらく投げる手に力が抜けていたからに違いない。グインのところへまではとどかず、室のまんなかくらいに落ちてガチャーンと割れる音をたてたり、何か汁が飛び散る音をたてたりした。そして、またしても、いやな、なんともいわれぬ悪臭がぱっとそのたびごとに室のなかからこちらへいわば飛びかかってくるかのようであった。

グインは途方にくれたが、しかし、このままにしてはおけぬ、という思いはいっそう強まるばかりであった。少しばかり、強硬手段を使ってでも、なんとかして、妻をこの、半狂乱のような――いや、もうすべて狂乱してしまったとしか思えぬ状態から引き戻し、なんとかして徐々に正気に戻すほかはないのではないだろうか、という考えのもとに、グインは、きびすをかえし、隣りの部屋に戻り、そこから、まださらに隣りの室の入口でくずおれて動けずにいるらしいクララのほうへ声をかけた。

「おい。燭台はどこにある。ろうそくは。あかりをともす道具はどこにおいてあるのだ。室を明るくしたいのだ。手をかせ」

「明るくしちゃいや！　したら死んでやる！」

たちまち、反対側の室の暗がりのなかから、激烈なかすれた悲鳴が聞こえてきた。

「あたしを殺すの？　あたしを殺そうというの？」

「何をいっている、シルヴィア。あなたは、病気なのだ。ちゃんと、お医者さんの診察をうけて、手当をうけて――気持よくならなくてはいけない。きっと、医者が恐ろしくてそのままにしていたのだろうが、そんなことではますます具合が悪くなるばかりだ。――だが俺は何があろうと、怒ったりはせぬから、安心して訴えたいことを心ゆくまで訴えたらいい。――ただとにかく、少しはきれいにしないと――室を――ひどいにおいだ。こんな空気のなかにいたら――そうだ、まずはせめても少し、カーテンをあけて、室の空気なりと、入れ替えをしないと……」

グインは、思い切って、なんとなく足を踏み込めずにいた奥の《穴ぐら》に一歩、足を踏み込もうとした。とたんに、むっとすさまじい悪臭が鼻を突いた——それはまるで、ごみためのまっただ中に入ってゆこうとするほどの勇気を必要とさせるほどの強烈な腐臭であった。

「うッ……」

さしも、どのような強敵にも——当人は覚えておらぬとはいえ、伝説の剣闘士ガンダルにも、どのような怪物にもおそれを感じたことのなかったグインも、さすがにひるんだ。むしろ、これならば、ガンダルに立ち向かい、あるいは魔道師の繰り出す異次元の怪物に立ち向かうほうがよほどいい、とグインでさえ云ったに違いない。だが、グインは息をとめ、思い切ってさらに奥に踏み込もうとした。

「いやーっ！　こっちに来ないで、こっちにきてはイヤ！」

シルヴィアの悲鳴が、絶叫に高まった。

「来ないで、来ないで、来ないでえええ！　あたしを殺すの？　殺したいの？」

「俺はあなたを助けたいだけだ、シルヴィア——」

「こっちに来ないで！　こっちに来ないでえええ！　あああ、いやああ！　こっちに来てはいやああ！」

絶叫とともに、シルヴィアは、弱々しく、《穴ぐら》の奥から、恐怖と恐慌のあまり、飛びだそうとした。弱り果てているらしく、その動きはひどくのろのろとしていたが、それが何を意味しているのか、何をしようとするのかはグインにははっきりとわかった。シルヴィアは、室に踏み込まれ、明るくされ、カーテンをあけられ窓をあけられる恐怖のあまり、グインの横をすりぬけて弱々しく逃げ出そうとしていたのだった。

「危い！」

その動きがただならぬのを見て、グインはあわててそれを受け止めようとした。だが、シルヴィアは弱々しくその手を渾身の力でふり払い、隣りの室へ逃げ出そうとした。

「来ないで、こっちに来ないで」

そのあいだも、彼女はいたましく啜り泣き、呻き続けていた。その足が、もつれ、となりの室との境い目のところで、彼女は横転した。

「危い！　大丈夫か。無理をするな……」

叫ぼうとしたグインの声が、ふいにとまった。

「シルヴィア」

グインはあえぐような声をあげた。

そして、あたりを見回し、いきなり、一番奥の室よりは少しだけうすら明るかったその室の壁のところに、壁龕を見つけて駈け寄った。そして、手でさぐり、そこにこの前はいつともされたとも知れぬちびたろうそくが燭台にさしてあるのを発見した。燭台の下にはたいてい抽出しがあって、そこに火打ち石が入っているのを知っている彼は、その抽出しをさぐった。はたして、火打ち石が入っていた。彼はいそいで、それを打ち付け、ろうそくに火をうつそうとした。

もう、動くこともできずに、シルヴィアはそこにうずくまったまま、かすかに肩で息をしていた。弱々しい、啜り泣きとも、喘ぎとも呻きともつかぬ意味をなさぬ声が、そのひびわれたくちびるから漏れていた。

「見ないで――」

それでもなお、彼女は弱々しくつぶやいていた。

「お願い。あたしを見ないで――見ないで――見ないでぇえ！　あたしを見ないで……こっちにこないで――あっちにいって……ああ、お願い、ごしょうだから、あっちにいって……」

「………」

グインはようやくろうそくに火をうつした。そのあかりが、ぼんやりと燭台を照らし出すと、奥のほうに、予備のろうそくの束がそのままにされているのが目に入った。グインはものもいわず、そのろうそくをとり、燭台にさし、そしてちびたろうそくから、それに火をうつした。

燭台のろうそく全部に火がついたとたん、室は、いきなりひどく明るくなったように見えた。じっさいには、たいした明るさではなかったが、それまでの暗さに馴れた目には、爆発的なまでに明るく感じられたのだ。

その燭台をかかげて、グインは、ふるえあがって弱々しく痙攣している、足元にうずくまっている動物じみた姿を容赦なく照らし出した。

その唇から、かすかな——今度はグインの口から、かすかな、呻くような声がもれた。

「シルヴィア」

彼は、まるで、妻の狂乱が、ついに彼自身にも及んだかのように、力ない、かすれた声を、ようやく絞り出した。

「シルヴィア。——その——その姿は……」

「見ないで」

かすかに、断末魔のように痙攣しながら、シルヴィア——彼が一年以上前に置き去りにして去った新婚の妻は、うすいやせ細った肩をふるわせて繰り返した。

「お願い。見ないで」

これ以上痩せることは不可能なくらい、やせ細ってしまったシルヴィアのからだのなかで、一部だけが、異様に巨大にふくらんでいた。

といったところで、普通にくらべたら、それほど大きくはなかったかもしれないが、ほかが小柄であるだけに、いっそう、それは異様なかたちに見えた。まるで、ぶきみな、何かの昆虫に寄生されて腹部が膨れあがった瀕死の動物ででもあるかのように、それは、異様で、おぞましく見えた。

身につけているぼろきれのような寝間着では、ほとんど隠すことが出来なくて、その腹はほとんど剝き出しになってしまっていた。シルヴィアの腹部は、まるで丸い球をでも無理矢理におしこめたように、まるまると膨れあがっていたのだ。

3

「もう、休んでいたところであろうに、こんな夜分に急に呼び立てたりして、すまぬな」

ランゴバルド侯ハゾスが、居間に入ってくるなり、グインは立ち上がって迎えたので、ハゾスはちょっと驚いた。だが、グインのかたわらに、銀杯と、そして火酒が入っているらしいつぼがあったので、なお驚いた。

「ご酒をお上がりだったのでございますか？」

云いながら、ハゾスは入ってきてドアをしめた。グインはいくぶん神経がたかぶっているふうに、小姓に人払いを申しつけたので、さらにハゾスのひそかな驚きは強くなったが、ハゾスはあえて何も口に出そうとはしなかった。

「観兵式は盛大でございましたね。お疲れになりませんでしたか」

「観兵式。——ああ、観兵式か。そんなこともあったのだな。もう、何百年も昔のようだ」

「陛下」

　ハゾスは眉をひそめた。

「何か、ございましたので？」

「結局、何かというと、おぬしをあてにしてしまう。われながら、しょうもない、とは思う――だが、余のことならば知らず――」

　グインのことばは、口のなかでかき消えた。

　グインは銀杯と酒のつぼを手にとった。

「ハゾス、すまぬが、奥にきてくれぬか。寝室へだ」

「それは、むろん、かまいませぬが――」

　ハゾスの驚きはさらに深まった。グインは寝室に入ると、ドアをしめるかわりにあけはなち、そこから居間の扉がよく見えるようにしておいた。それならば誰が入ってきてもすぐ見えるのだ。

「どう、あそばされました？　何か、具合の悪いことでも？」

「おぬしも、飲むか？　だったら、隣の室から、杯を持ってくるが」

「いえ、わたくしはもう。しかし――」

「そのうち、酒が欲しくなるかもしれんぞ、おぬしも」

　グインは憂鬱そうに云った。

ハゾスはふいに、グインが、なにごともないように見えるその豹頭にもかかわらず、実際には相当へたばっているのだ、ということに気が付いて、愕然とした。そこにいるのは、すでに、昼間の観兵式で堂々たる雄姿をさらしてケイロニア軍の歓呼にこたえていた大総師とは、別人のようであった。

「陛下」

ハゾスは声をひそめた。

「何がございましたので」

「——あまり、口にしたいことでもないし……おぬしに聞かせたいことではなおさらないのだがな……」

「よもやと思いますが」

ハゾスはあてずっぽうに、だが少しはグインを楽にしてやろうと鋭く切り込んでみた。

「もしも違ったら失礼でございますが、シルヴィア陛下に、お会いになりましたので？」

「——会った」

グインのいらえをきいて、ハゾスはゆっくりと、椅子に深々と腰をしずめた。

「さようでございましたか。王妃陛下の御機嫌はあまりおよろしくなかったので」

「………」

グインは、ちょっとのあいだ、黙り込んでいた。

それから、おのれの弱気を嘲るかのように、ちょっと肩をすくめるなり、叩きつけるように、だが低く云い切った。

「あれについて、いささかの問題がある。あれは——あれは、妊娠しているようだ」

「何でございますと」

瞬間、ハゾスは、云われたことばの意味をはかりかねた。

それから、ふいに、その重大な意味に気付いてギョッとした。

「な——何と申されました?」

「あれは王妃宮の奥にたてこもったきり、まったく人に会わぬようにしていたようだ。——女官どもでさえ、気に入りのひとりのほかは、奥の寝室によせつけぬようにしていたらしい。本当にひどいありさまになっていた——けだものの巣だってあれよりは酷くはあるまい」

呻くようなグインの声をきいて、ハゾスは思わず、息を呑んだ。

それから、ゆっくりと身をおこした。

「失礼して、杯を頂戴してきてよろしゅうございますか? やはりこれは——一杯いただきませんと、なかなかしんどそうなお話のようで」

「すまんな」

グインは云った。

その呻くような声を背中にして、ハゾスはすばやくもとの居間に戻り、いきなり、ドアをあけはなってみた。それから、そこに誰もおらぬのを確かめると、杯を探し出して戻ってきて、自分で勝手につぼをとって注いだ。

「どのくらいにおなりのようでございますか？」

それから、しいておのれを落ち着かせようとしながら云う。だが、グインの呻くような声をきいた瞬間に、もう、世慣れたハゾスには、このことの重大きわまりない意味が完全に理解されていた。グインは、一年以上にわたって、サイロンにはまったく戻っておらなかったのだ。

「そろそろ臨月——ではないかと思う。俺はあまり詳しくない——妊婦など、目のあたりにする機会さえも、あまりあったわけではなかった」

「そろそろ臨月でございますと？」

「ではないかと思う。少なくとも、産み月は近そうだ。腹がこれほどにも膨らんでいた」

「失礼でございますが、腹に腹水というものが溜まりましても、あるいはひどい飢餓状態になりましても、腹部は膨満いたします。その可能性は？」

「わからぬ」

グインは口重く答えると、ぐいと火酒を飲み干してまた注ごうとした。ハゾスはつと立ち上がって、グインの銀杯に注いでやった。

「とにかくあの――王妃宮の奥の室はまるでけだものの巣のようになっていた。あれは、おもてに出られぬので――出れば、女官どもにばれてしまうので、奥の寝室にたてこもって、そこで――そこで用を足したり、食事もそこに持ってこさせて食ったりというようなことをしていたらしい。クララという気に入りだという女官ひとりが中に入ることを許されていたが、それもやつれ呆けて病人のようになっていた。――シルヴィアはやせ細っていた――栄養状態もおそろしく悪そうだったし、精神状態はもっと悪そうだった」

「ただちに、医師団に診察させなくてはなりますまい」

「誰も近寄せたくない、といっている。ひとを呼んだら死んでやる、とわめき散らすので、中に入っていって、あかりをつけるのがやっとだった。そのまま、俺も――いささか衝撃を受けたので、おとなしく退散してしまった。いくじがないな、俺も。全軍に叱咤するほうがはるかに――」

グインは苦々しく笑った。

「どれだけ楽かわからぬ。思いついたのはただ、『このようなことはすべてもう、俺の手には負えぬ。ハゾスに頼むしかない』というだけだった」

「それで、宜しゅうございますとも」

ハゾスは、即座に力強く請け合った。

「それだけで充分でございます。すべて、わたくしがお引き受けいたしました。もう、陛下は何ひとつ、この不愉快きわまりない問題にかかわられる必要はございませぬ。さよう、このような問題は、こういっては何でございますが、当事者である御亭主のかかわるようなことではございませんよ」

「おぬしはそう云ってくれるが、しかし……」

「まして、ことは――わたくしの親友のご夫妻に起きたことであると同時に、ケイロニアにとっては、またしても――重大な国難、と申さなくてはなりませぬようなことで……これは、失礼ながら陛下の親友をもって任ずると同時に、ケイロニア宰相でもある、このハゾスがまさにお引き受けしなくてはならぬような災難でございますよ」

「災難――なのかな」

いくぶんぼんやりとグインは云った。ハゾスは、グインが、見かけよりもずっと深い打撃を受けているらしいことに気が付いた。

「陛下――」

「それともこれは自業自得というものか。俺はどうも――おのれでもわかってはおるのだが、あまり女性の扱いなどに長けた方ではないからな。いや、むしろ……とても不器用だと云えるだろう。しかも――しかも……豹頭だ」

そのことばは、ひどくにがにがしく、ぽろりとこぼれるようにグインの口から洩れてきた。ハゾスはくちびるをかみしめた。

「そのようなこと――」

「いや、おそらく……俺は、いくたびも、アキレウス陛下にそのことは申し上げた――シルヴィア殿下をたまわる前に、俺は見てのとおりの異形の者、とても人がましく、大帝陛下のご息女を妻にたまわるなどという資格はない、と……」

「何をおおせになります」

ハゾスは軽くテーブルを平手で叩いた。だが、小姓たちが呼ぶ合図だと思ってはならぬと、音が立たぬように気を付けていた。

「あのいきさつはわたくしはすべてもっともよく、存じておりますぞ。――あれは、そうではなく、シルヴィア殿下のほうから陛下に恋着され――そして、殿下はそのとき、あのような事情がおありで、アキレウス陛下は、その皇女殿下を陛下に貰っていただくのに、ひどく申し訳ない、と――こう申しては失礼ながら、傷のついた娘をグインの寛大さに救ってもらう役をしてもらうことになる、それが本当に申し訳ない、とおおせになっておられた。はっきりと覚えておりますぞ」

「――そのようなこともあったかもしれぬ。だが、やはり――俺はおそらく、ひとなみの、亭主としては……ましてや恋人としては、とうていつとまらぬだろう――しかもこのしばらく、ずっとサイロンをあけていた。シルヴィア姫の頼りない心が傷つき、病んでしまったとしても、何の不思議があろう」

「そのようなこと、ここで申していたところで、何もせんかたなきこと」

ハゾスは強く言った。

「もう、忘れておしまいなさいまし。――それよりも、なすべきことははっきりしております。失礼ながら、この件について、ケイロニア王陛下より、このハゾス、全権を委任していただいて、よろしゅうございますか」

「それは――もちろん。俺にはもう、どのようにしたらいいのか、いや、何かまともに考えることさえ出来そうもない」

日頃のグインとも思われぬほどに、弱々しげな、力つきた、打ちひしがれた声だった。

「笑ってくれ、ハゾス。――たぶん、これは、俺の最大の弱点なんだろう。戦いを前にしたら――現実的な困難や、乗り越えなくてはならぬ難問を前にしたときには、俺はどのようにでも勇猛になれると思う。無茶も出来る――信じがたいほどの乱暴な決断も出来る。だが――相手が、女となると……まして――シルヴィアとなると……」

「当然ですよ」

ハゾスはきびしく云った。

「わたくしだって、想像もしたくございませんが、これがもしうちのネリアのことでしたら、おそらく、自分では何も手につかず、どうしてよいかもわからず、おそらくはディモスを引っ張り出すことしか考えつかないと思います。そんなものでございますよ。ですから、わたくしがお手助けするのです。――宰相としてではなく、口はばったい申し条ながら、一人の――グイン陛下の友として、腹心の友として、この難儀からお救い申し上げたいのです」

「……………」

「王妃宮はただちに閉鎖します」

厳しく、ハゾスは云った。

「これは極秘のうちに行わなくてはならぬことばかりですから、わたくしの私設秘書のマックスを手助けに使います。もっとも信頼にたるランゴバルド侯騎士団の精鋭数人と、秘書のマックスと、わたくし、それだけにしか話はひろげません。しかしまずとにかく王妃宮を閉鎖してすべての外部との連絡を断ちましょう。それから王妃宮づきの女官どもは全員拘束いたします。ひとことも、この事態について外部にもらすことのできぬよう、王妃宮の奥に監禁し、かつ、このような非常事態になるまでずっと何も報告せずに、ついにこのような事態を招いた不心得を糾弾いたします。が、それ以前に――クララという女官だけが、シルヴィアさまのおそばに入れる、と云っておられましたな？」

「ああ……」

「そのクララという女官をつかまえて糾明します。——場合によっては拷問も容赦しません。そして——」

ハゾスは、言いづらそうにごくりと唾を飲み込んだ。

「王妃陛下の——御妊娠のその——相手の男をつきとめなくてはなりません。——おそらくそのクララならば存じておるでしょう。そしてその相手をも拘束して糾明します。このようなことがうわさになって黒曜宮に流れ、そしてその相手の男が、このようなことをべらべらと喋ったりしようものなら、これはケイロニウス皇帝家全体の赤っ恥になってしまいますからな。——その相手の男は、身分しだいでは、闇に葬り去ることになるかもしれませんが、これもハゾスにおまかせ下さい。それはケイロニアを守るためです。必要悪というものです」

「……」

「医師団のなかで信用出来るものをひとりだけ探してみます。それも心配なときには、ランゴバルドからわたくしの主治医を連れて参ります。ちょっと時間はかかりますが、そのほうがよいかもしれません——ローデスやベルデランドほど遠いわけではございません、早馬を飛ばせば数日で連れ戻ってくることが出来ましょう。その主治医は絶対に信頼出来る男です。——その医者にかけて、シルヴィアさまを診察させなくてはなりませんが、腹部が――おっしゃるとおりの大きさにまで膨らんでいるとなると――臨月が近いとなると、もう……その……」

「……」

「堕胎は……出来ませんな……お命にかかわる……」

ハゾスはまた、ごくりと唾を飲み込んだ。

「だがこれも犯さねばならぬ罪であるとしたら、わたくしがそれをいたします。赤子には罪もないこと、哀れとは思いますが、このようないきさつで地上に生まれたところで禍のもととなるだけのこと、葬り去らなくてはなりません――陛下？」

「それは……イヤだ」

呻くような、苦しみに満ちた声であった。

ハゾスはぎくりとして、グインを見つめた。

「陛下」

「それだけは……出来ぬ。よしんば、シルヴィアが誰とのあいだに子をもうけたのであれ――その罪はすべてシルヴィアだけのこと、なされた子にいったい何のとががあろう。――赤児を殺すのは……イヤだ……」

「と申したところで」

ハゾスはいくぶん、蒼白になりながら云った。

「そのような罪の子を、生かしておいてはのちのちの禍根――万一にもそれが男児であった場合は？　万一にも、その子の父親が、それこそダリウス大公のような悪しき心を持った、野望あるものであった場合は？　ケイロニアは――せっかく、いまのところ何もかもうまくいっていて――中原の大国のなかでひとつだけ何の心配もなく繁栄をほしいままにし、グイン陛下もご帰国になってますますめでたきこと限りないと皆が信じて喜び祝っているケイロニアは――麻の如くに乱れましょうぞ」

「それは、わかる。だが――」

グインは呻き、豹頭をおのれの両手でがしっとつかんだ。

「だが――赤児を殺すのは……」

「陛下には、何もお知らせいたしませぬ」

厳しく、ハゾスは云った。

「ご安心下さい。すべて、うまく処理いたしますというだけで――決して陛下には何も詳細はお知らせいたしませぬゆえ、お心わずらいなさいますな。すべてはこのハゾス、ひとりの責任においていたします」

「俺は――あれはいったい――あれはいったい何処だったのだろう……」

ふいに、グインの声が変わった。

ハゾスは驚いてグインを見つめている。グインは喘ぐように声を絞り出した。

「わからぬ。――いつのことかもわからぬ。おぬしが、その――その話を、赤児を始末する話をした途端に――俺の頭のなかに、恐しい光景が浮かんできたのだ」

「恐しい光景――？　と、申しますと？」

「どこの河辺だろう。――まるで地獄の川のように広く、そして暗い、水が地獄のような色をしている川だ。そのほとりで、沢山の男女が息絶えている。惨殺されているのだ――そのなかに、幼い子や、赤児をひしとかかえたまま死んでいる女もいる。首を飛ばされた幼児、俺の目の前でかすかな最後の呻き声をもらして息絶えてゆく赤児――まさしく、地獄のような光景だ。俺は泣いている――なすすべもなく、ただ泣いているばかりだ。そして……そのなかに――」

ふいに、ぶるっと、グインはたくましい全身をふるわせた。

「そうだ――そのなかに、幼い俺の愛し子もいて――俺は、それを見てとった瞬間に、全身の血が絶望にたぎり――必ず仇をうたずにはおかぬと……」

「それは――悪夢、でございますか……」

息をのみながら、ハゾスは云った。

「現実に、そのような光景をご覧になったことがおありですので？」

「そうは思わぬ。俺の記憶にあるかぎりでは、そんなものは見たことがない。あったら忘れられることはないだろう。――それゆえ、もしかしたら、記憶を失っているあいだのことかもしれぬ。……だが、あの絶望と恐怖と、そしてそれをしたものへの圧倒的な怒りと嫌悪感と……そして憎悪……」

「憎悪――」

「そうだ。俺は決して許さぬ、と――何があろうと赦しはせぬ、と叫んで、それこそ俺自身が悪鬼のように圧倒的な敵軍のなかに切り込み――我が子の仇をとろうと切りまくりはじめる――殺戮と流血、おぞましい虐殺――あれはいったい何だったのだろう。どこで見た光景だったのだろう……」

「夢――ではございませんか……」

「かもしれぬ。だが、駄目だ。それ以来――俺にとっては、子供に危害が加えられるなどということは想像しただけでも――おかしなことだ。俺はまるで、すでにおのれの可愛い、なにものにもかえがたい我が子がいるような気がするのだ。そういう気がしてならぬ――どういうことだろう。――スーティ……」

「は？」

するどく、ハゾスは問い返した。

「何とおおせられました？」

「わからぬ。俺は何か云ったか？――そういえば――パロを出立する前に、ヤーン庭園で――とても印象的で、妙に忘れがたい幼な子に会ったな。……見知らぬ子供だったが、とても人なつこく、俺に抱きついてこようとした。——とても可愛らしい子だった——黒髪と黒い瞳、どこかで会ったような——とても、可愛らしくて、それでいて早くも凜凜しい顔立ちをした、さぞかし毅然たる美青年になるのだろうな、と思わせるような……」

「陛下……」

ハゾスはいたましそうに額に手をあてた。

「おつらいのはわかります。しかし——いまは、陛下がそうしておられましても——いや、陛下はどのようにされておられてもよろしゅうございます。少しでも、お気持が楽になられる方法をお探し下さい。酒を召し上がるもよし——このようなことを申し上げて失礼でなければ——女を連れて参りましょうか。いや、べつだん、その女をあいてにおたわむれになるわけではなくとも、話をして、気がまぎれたり、酌をさせたり——」

「とんでもない」

おぞけをふるったようすでグインは云った。

「そんなことは沢山だ。それどころか、俺は一生女嫌いになってしまいそうだ。俺は所詮、女を——シルヴィアならずとも、どんな女をでも、めとることなど、向いていなかったのではないか、という気がしてならぬ。俺が——俺のようなものが、一人前に、人間ぶって妻をめとろうなどという気持を起こしたゆえ、このようなことになってしまったのではないか——そう思われてならぬ……」

「何をおっしゃいます」

ハゾスは叩きつけるように強く云った。

「たとえどのようなことがあれ、陛下が御自分を責めるようなことをお考えになるのだけは、決定的に何から何まで間違っている、と失礼ながら申し上げざるを得ません。陛下は大帝陛下の御命令により、公務でパロにゆかれた。そして、勇猛に立ち働かれ、その結果として、長期の失踪と言う、不幸な出来事にもあわれました。だが、それが、このような——そのようなおぞましい結果のいいわけになりましょうか？　この世に、そうやって、兵役におもむいた夫の留守を守る貞淑な妻はいくらでもおります。ことにケイロニアには——もしそうでなかったら、ケイロニアのように尚武の国は成り立ってゆかなくなってしまいますよ。置いてゆかれた妻たちが寂しがってたえず夫を裏切るような国であったら、夫たちは軍人になろうなどと思えなくなってしまう。安心して家庭と子供たちを預けることもできません」

「………」

「これは、シルヴィアさまの個人的な問題です。こういっては失礼ですが、シルヴィアさまは、ケイロニア女性には必ずそなわっている『淑徳』というものとご縁がありません。それを、シルヴィアさまのせいだとまで決めつけてはお気の毒かもしれません。それはもしかしたら、故マライア皇后陛下の血でしかないかもしれませんからね。――しかし、だからといって、御自分のなさったことの責任は御自分でとっていただかぬわけには参りません。あのかたとて、もう子供ではないのです。お年はまだ若くとも、れっきとした人妻で、ケイロニア王グイン陛下の王妃でおいでなのです。ただの人妻であるだけでさえない――れっきとした、一国の責任ある公的な地位にあられることになる。それを、いつまでも幼い子供のように我儘をいったり、夫に置いてゆかれたからといって、他の男に走ったりするような王妃であったら――」

「もう、許してやってくれ」

呻くように、グインは云った。ハゾスは歯がみをした。

「陛下！」

「もう、堪忍してやってくれ。あれは――あれは幼い子供も同然なのだ。不幸な育ちのせいで、おのれを律することを知らぬ――俺が、置いてゆかずにすめば――せめて、こんなに長い不在に、あれの精神が耐え切れなかったのだろう。そう思えば――これは、みな、俺の責任で――そうでしかないのだから……」

「陛下」

ハゾスは苦い顔をして云った。

「陛下。――失礼ながら、まだ――このような裏切りにあっても、なお、シルヴィア陛下を――愛しておられると？　そのようにおおせになるのですか？」

「そうだ」

グインは呻くように答えた。そして、たくましい両手で豹頭の顔を覆ってしまった。

「愛している。愛しているから、結婚したのだ。助けてやるためでも、ケイロニア王になるためでも――アキレウス大帝の女婿になりたかったからでもない。俺はシルヴィアを愛しいと、心から愛しいと思ったから、結婚したのだ。それをそんなに――簡単にくつがえすことは出来ぬ」

4

「うーっ……」

ハヅスは呻いた。

「それは——お気持はわかります。しかし……ことはかなり重大な上に急を要しておりますし——いや、わかりました。陛下は、いまだ、シルヴィア陛下を愛しておられる。わかりました。そのことは、このハヅス、ちゃんと念頭に置くことにいたします。決して、必要以上にシルヴィアさまを傷つけぬよう、そしてまた、陛下をも傷つけることのないよう、充分すぎるほどに気を付けてことにあたるようにいたします。それなら、よろしゅうございますか？」

「——すまぬ」

呻くようにまたグインは云った。

「世話ばかりかける……」

「何をおおせになりますことやら」

ハゾスは首をふった。

「これも――念のためにお伺いしておきとうございますが、お答えはわかっているという気もいたしますが――アキレウス大帝陛下に、このお話を……御報告してもよろしゅうございますか?」

「それは困る」

言下にグインは答えた。むしろ、迷わずに答えることの出来ることがあるのが、嬉しいかのようにその問いにすがりついた、とも見えた。

「時が悪い。――陛下は、ようよう、おんいたつきから回復しておられつつある時だ。だが、まだまだご本復には程遠い。――そのようなときに、こんな話を持っていったら、それこそ、陛下はまた――」

(そのようにして、また、御自分ひとりで何もかも背負いこもうとおっしゃるのですか。陛下は)

思わず、そう叫び出したくなる気持を、ハゾスはぐっとこらえた。

「かしこまりました。それでは、大帝陛下には、何も――万事決着つきますまで、少なくともグイン陛下がもうよいとおおせになりますまで、何も御報告いたしますまい。――しかし、大帝陛下御自身は、たとえいまどのような状態におありになろうと、どのように辛い、父親としてお聞きになるにたえぬようなむごい知らせであろうと、御自分がしっかりとそれに対処なさるという信条を貫いてこられたおかた――もし、万一、何も御報告しなかったと、このハゾスが、大帝陛下の逆鱗にふれるようなことがございましたあかつきには――」

「その折には、むろん、俺がすべての責任をとる。俺がハゾスに口止めしたのだ、ということをはっきりと陛下に申し上げる」

「責任逃れを致したいわけでは御座いません」

ハゾスはきっぱりと云った。

「わたくしとても、ケイロニアの宰相である以前に、ランゴバルドという小なりとはいえ一国家であるものの王でございますから。統治の責任者たるものはどのようにあるべきか、ということについての理念なり、考えなりもございます、ということを申し上げたいまででございまして。しかし、陛下が、老大帝陛下にご心痛をもうおかけしたくない、と思われるお気持ちはむろん、それもまた痛いほどよくわかります。――宜しゅうございます。当分は、わたくし一人の責任において動きます。陛下はもう、この一件については――」

ハゾスは、ほろ苦く笑った。

「お忘れなさいまし、と申し上げても、無駄でございましょうし――念頭をはなれることはございますまいが……しかし、これは――あえて申し上げてよろしければ、シルヴィア皇女殿下、というかたの——業でございます。かねてから、わたくしはそう思っておりました。あのかたも不幸なおかただ。ケイロニアの皇女にさえ生まれなければもっとずっと幸せな人生をお送りになれたでございましょうに。——それでは、この一件、お引き受けいたします」

「ああ。いやなことを、多忙なおぬしに背負い込ませてまことにあいすまぬが、ともかく頼む」

「大船に乗ったつもりでおいでなさいませ。出来ればこれについてはもう、こののちすべてお忘れになってしまうのが、一番よろしゅうございますが——そうも参りますまいから……と申して——妾姫をお作りなさいまし、などと申し上げても、お耳にいれて下さる陛下ではございますまいな」

「ああ、少なくとも——いまはそのようなことは、考えたくもない」

「これだけ——いっぺんだけ、なんらかの機会にどうしてもうかがっておきたいことがございました」

ハゾスは、出てゆこうと立ち上がったが、その足をとめて、ふりかえった。

「このような深刻な機会でございますから率直に伺わせていただきます。これもまた、こののちのわたくしの、この一件の処理のための重大な資料であるとお考えになって、ぶしつけはお許し下さいませ。——陛下は、シルヴィアさまを愛している、とおおせになりました」

「ああ」

「もしも――シルヴィア殿下がおいでになりませんでしたら――むろん、これはかりそめの話でございますよ――もしも、シルヴィア殿下ともう完全に縁が切れて、赤の他人におなりになったとしましたら――そしてもし、わたくしなり――アキレウス陛下なりから、お話を持って参りまして……オクタヴィア殿下と……再婚あそばしませぬか、という……話が出たとしたら――」

「ハゾス」

「非礼は承知」

ハゾスは強く云った。

「陛下は、どのように御返答あそばしますので？」

「それは、出来ぬ」

グインは、考えるまでもない、というように、きっぱりと云った。

「それだけは、どうあろうとも不可能だ。――考えたこともない。たとえいまは離ればなれに暮らしていようと、オクタヴィア姫は俺がひとかたならず近しく感じるマリウスの妻であり、そしてその娘の母親だ。確か皇帝家では正式の離婚は、よほどの例外的な事情がない限り認められてはおらぬはずだと聞いた。――だがもし、その例外的な事情として、オクタヴィアがマリウスと完全に法律的にもたもとをわかったとしても――俺は、それは、出来ぬ。考えることも出来ぬ」

「何故でございますか?」

「さよう――」

グインは考えた。それから、口重く答えた。

「確かにオクタヴィアどのは、完璧な女性、といってもいいくらいだと思う。美しく、教育高く、気品あふれ、凛として、気高い。――おそらくは、そのゆえなのだろう。俺には――俺には、彼女が、俺を必要としているようには、まったく思われないのだ」

「あはあ……」

思わず、ハゾスはぽんと手を打ちたい気持を懸命にこらえた。

「なある程……」

「愚かなことを云う、男とはまこと愚かなものだと思われるかもしれぬ。――だが、俺からみれば――シルヴィアほど、俺の助力を必要としているあわれで、無力で、かぼそく、はかない存在はないように思われるのだ。なにも、父上から彼女の不名誉を救ってやるようにと頼まれたからではない。俺自身が――彼女をなんとかしてやりたかった。それだけのことだ――だのに、彼女を、一番助けの必要なときに、ずっと一人にしてしまった。これは――これは、俺への罰だ。俺にはそう思われるのだ」

「何をおっしゃることやら」

いくぶんむっとして、ハゾスは云った。

「いったい陛下にどんな、罰を当てられねばならぬような理由がおありです。陛下は、大帝陛下の御命令によって出かけられ、そして救いがたい混乱と混迷とからパロを首尾よく救い出したそのかわりに、失踪されもしたし、記憶をも失われた。すべて、悪戦苦闘されてきたのは陛下ではありませんか。その陛下が罰を受けねばならぬのでございましたら、この世にはもう、神など存在してはいない、とさえ云わなくてはなりますまい」

「――もういい。もう、何も云わないでくれ、ハゾス」

また、グインは打ちひしがれてきたように見えた。

ハゾスは出てゆこうとしたが、その前に、どうしても、慰めたくてたまらぬ衝動にかられ、つとグインのそばに寄って、その手をとった。

「ご無礼つかまつります。――しかし陛下、これだけは――これだけはかたく申し上げたい。女性とは、誰もが――あのようなものではあるわけではございませんぞ。――かくいうハゾスの妻も、ディモスの妻も――オクタヴィアさまも、そしてその母君ユリア・ユーフェミア姫も……ひとつの愛に生き、ひとつの貞淑をかたくななまでに守り通し、それが失われるならばいのちを落としても、とまで思いこむ貞淑でしとやかな、婦徳にみちた女性はケイロニアにはいくらもおります。——いまこのようなことを申し上げるのは、陛下にとり、むごいことばかもしれませぬが——わたくしは、シルヴィア殿下とのことは、もうこれをきっかけとして、すべて諦められるべきである、と思っておりまず。あのかたには、陛下はあまりにも勿体なさすぎます。——陛下ならば、いくらでも——陛下のことを誰よりも愛し、忠実に仕え、いつまでも待っている貞淑きわまりない、しかも可愛らしく自我の強くない女性の愛を得られることが出来ましょう。わたくしは、陛下が——おもてむきは離婚なされることは出来ずとも、なんとかして——大帝陛下におけるユリア・ユーフェミア姫のようなかたと出会われることを願ってやみませんぞ」

「もうよい」

グインはさらに呻くように云った。

「もう、やすむ。——それでは、すまぬが……不快な上に、手のかかる話だと思うが、これについてはおぬしに委せる。そのつど、報告だけはよろしく頼む。どのように不快な報告であっても——必ず聞かせてくれ。俺は——俺は、シルヴィアのことが、心配でならぬのだ」

「かしこまりました」

ハゾスは云った。

そして、頭を下げて、ケイロニア王の寝所を出ていったが、さいごに振り返ったとき、ハゾスの目に入ったのは、これまでに見たこともないほどの弱々しい様子で、両手で頭をかかえこみながら、ベッドのかたわらの椅子にうずくまっている豹頭王の姿だった。

(くそ――なんということだ……あの――あのじだらく娘め……)

外に出るなり、ハゾスは、豹頭王の居間では爆発させるわけにゆかなかったうっぷんを、腹中に思いきり爆発させながら、大股に廊下を歩いていった。

むろん、口に出すわけにもゆかぬし、このような重大事が勃発したのを、そんじょそこらの者たちに気付かれるわけにもゆかない。一方では、ハゾスの頭は狂気のように回転して、この突発事態をどう処理するのがもっともケイロニアと、そしてアキレウス大帝とグイン王とに傷がつかぬか、ということを考え続けていた。このなかには当然「シルヴィアに」という考えは入っていなかったが、それはもう当然であった。ハゾスにとっては、シルヴィアはすでに、アキレウス大帝のまな娘というよりは、ケイロニアになくてもいい災厄をおのれのわがままとふしだらと、そして淫奔な天性のゆえにもたらす、「厄病神《やくびょうがみ》」としか見えなかったのだ。

シルヴィアに少しでも同情すべき余地があるとすれば、それはひとえに、そのすべてのふしだらと淫奔とが、彼女自身の責任ではない「クム生まれのマライア皇后の血を引いてしまった」ことに由来するだろう、と思われることだけであった。だが、それも、最初の一、二回はともかく、これだけたびかさなってくれればもう、言い訳にはしようもない。

（やはり、あれは――こういっては陛下にはまことにお気の毒ながら、《悪い種子》なのだ。――高貴な凛然たるケイロニア宮廷には似つかわしくない、《悪い種子》。出来ることなら、早いうちに摘み取ってしまったほうがよかったような――悪い芽だ。だが、なんともはや――一番お気の毒なのは、陛下はあのふしだら女を愛しておられるという！　なんと、摂理の神というものは、これほどまでにふさわしくないもの同志を結びあわせたまい、そして気まぐれな愛の神はもっともふさわしいものどうしではなく、もっとも似つかわしくない相手の胸に愛の矢を射こむものなのだろう。――いやいやいや、ランゴバルド侯ハゾス、そのようなことをいっている場合ではないぞ。これは最大限の知恵と経験と、そして――非情さを必要とする場合だ。下手をすれば、これこそはまさに、ケイロニア最大の危機になるやもしれぬ。――さよう、何をいうにも、グイン陛下の王としての権利というものはすべて……シルヴィア皇女の夫である、というところから生じているのだからな。――むろん陛下は、それゆえにシルヴィア皇女をはなれることをためらっておられるわけではない。そのような、あさましい私利私欲で動くおかたではないが、しかし、そうであるほどに、逆に部下である我々のほうが、きちんと考えて動いてさしあげないと――）

（出来うることならば、アキレウス陛下を説得して——というより、大帝陛下のほうがずっとそれを確実に望んでおられるだろうから……可及的すみやかに、グイン陛下を——シルヴィア皇女の婿であるから、という法律上のつながりではなく、正式に、アキレウス陛下の養子として入籍してしまうことだ。そうすれば——よし、シルヴィア姫を取り除いても——ケイロニアは、豹頭王陛下を失うおそれはなくなる……）

（だが、それよりまず、いまの当面の問題だ。——なんということだ。なんと汚らわしい……だが、そんなことをいっているいとまはない。まずは、とにかく陛下に申し上げたとおり、あの悪徳の巣窟になっていたのであろう王妃宮を閉鎖して、あのなかの人間すべてを封じ込めて一生日の目をみられぬくらいにしてやりたいものだ。そして——場合によっては、俺だって、拷問くらい辞さんぞ。そのクララという女官に汚らわしい、シルヴィア皇女の相手の男の名を何があろうとも吐かせてやる。全権を委任されたのだから、場合によっては、シルヴィア皇女をだって——拷問とまではゆかずとも、きびしく審問にかけて、すべてをありていに白状させてやる。それにしてもなんてけがらわしい話だろう——ああ、これが俺の——ランゴバルド侯家に起こった出来事でなくて、なんと助かったことだろう！　こんな破廉恥な、云おうようない生き恥をさらすくらいなら——俺ならいっそ、俺がこの手で切り捨ててしまうだろう。——というか、これがもしパロなら……あのヴァレリウスが、ひそかに魔道を使って何もかも邪魔者をとりのぞいて、闇から闇に葬ってしまうのだろうな。どうも、あやつ――最後の最後で信用出来ぬやつだ。能吏であることは確かなのだろうが、どうも……食わせ物に思われる……いや、ヴァレリウスどころではない）

（ともかく、今夜のうちに早速王妃宮を閉鎖せねばなるまい。そして――問題は、たちまち宮廷に突っ走るであろううわさをどうやってしずめるかだ。なるべく、グイン陛下が傷つかぬような方法を考えなくてはならぬ……そういうことについては、逆にたぶん、こまごまと知恵のまわるパロ人のほうがいいんだろうが……）

考えながら、ハゾスは待たせてあった小姓と護衛たちを連れ、馬車でおのれの居住区域へいったん戻ってゆくと、ただちにこの不愉快な「汚い仕事」にとりかかった。深夜ではあったが、秘書官のマックスを呼びよせ、そしてもっとも信頼できるランゴバルド侯騎士団の精鋭たち一個小隊を選出させた。とにかく何から何まで、出来うるかぎりの隠密裡に行動する必要があった。

（これもまあ、一段落すればさておき――当座、ディモスにも知られるわけにもゆかないな。ディモスなど、私よりさらにかっちん玉だし、しかもシルヴィア皇女にはかつて、さんざん悩まされていて、こりごりもいいところだからな。――アウルス老にもいずれは相談、というより報告せぬわけにはゆくまいが、いまの段階で報告したら、俺があまりにも手落ちということになってしまう。とにかく、問題は『相手の男』を吐かせる、ということだ。なんてことだ、汚らわしい――ああ、本当に、それが一人ですめばいいのだが、というようなことを、この俺が――ケイロニア皇帝家のかりそめにも一員である人間について考えなくてはならんとはな！　長いケイロニア皇帝家の栄光ある歴史のなかで、ひとりだってこんなじだらくな――あ、いやいや、だから、おのれの義弟と通じて、良人を殺そうとしたマライア皇后だけは別だが、だからこそ、あの女はあのむすめの母親だ、ということなのか。――ということは、我々としては、マライア皇后がケイロニアに嫁入りが決まった日を千回も呪えばいい、ということかな。いやいやいや、もうなかなか、こんなことを考えているどころではないわ……）

ぶつぶつ云いながらではあったが、ハゾスはまことに行動力もあれば、実行力にも決断力にもとんだ宰相であった。その上にまだ若いので、体力にも自信がある。

ただちに、グインに云ったとおり、ハゾスは自ら精鋭二十騎を率いて王妃宮におもむき、秘書長だけを副官として、騒ぎ立てる王妃宮の女官たちを王妃宮の二階の、外と決して連絡のつけられぬような奥まって窓もないいくつかの部屋に監禁させてしまった。

むろん女官たちは狂ったように悲鳴をあげて逃げまどい、叫び立て、抗議を申し立てたが、そのようなことはかまうものではない。ことにハゾスは怒り狂っていたので、温厚で知られたハゾスとは思えぬような勢いで、腰の剣に手をかけ、「おとなしくせぬ者は、この場で切り捨てる！」とおどしたので、武装女官たちもなくなくおとなしく武装を解除され、五、六十人ばかりいた王妃宮の女官たちは、一番上の女官長から、一番下のまだ子供の見習いにいたるまで、あっという間に監禁状態にされた。

それはハゾスには特に苦もない仕事であった。そして、王妃宮へ、厨房からも、またリネン室だの、もっと下の掃除係だの、ありとあらゆる人の出入りしそうな場所にくまなくランゴバルド侯騎士団の精鋭を配置して、誰ひとり中から出ることも、そのなかに入ることも出来ぬようにしてしまうと、それでもう二十騎は手一杯になってしまったので、やむなくまたハゾスは一個小隊を呼び寄せた。そして、これには、一番おもだった出入り口何ヶ所かをしっかりと固めさせたのであった。

この仕事は、深い夜に、宴会あけの黒曜宮のものたちが完全に寝静まっているころあいになされた上に、王妃宮のまわりはちょっと主宮殿から離れていたので、おそらく誰にも気付かれることはなかっただろうとハゾスは信じていた。

(さあ、これからだな——一番、嫌な仕事だ)

肝心かなめの、シルヴィアとその気に入りの腰元をおさえてとっつかまえる、という不愉快な仕事が残っていた。ハゾスは、ほぞをきめて、さきほどグインがどんどん入っていったあの奥の寝室へ、兵士たちを連れて入っていったが、その不潔さと言語に絶するだらしなさ、そして異様さには、おそらくハゾスのほうが、グインよりもずっと閉口し、へきえきし、そしてげんなりしたのであった。

クラはぐったりしていて抵抗するもしないもなかったし、シルヴィアも一見してひどく弱りはてていることがわかった。そこで、ハゾスは二人を手荒く取り扱おうとはせずに、その不潔きわまりない、どぶどろのようになった王妃の寝所から連れ出して、さきほど軟禁した女官たちを数人連れてきて、二人をきれいにしてやるように言いつけた――そうしなくては、とてもきれいな、掃除のゆきとどいた部屋に連れ込めたものではないくらい、二人は垢にまみれ、糞尿にまみれ、見るもすさまじいありさまであったのだ。

女官たちが泣きながら湯をわかし、泣きながら二人のあわれな獣を洗ってやって、なんとかさっぱりとしたものを着せるあいだ、クラは死んだようになっていて、いわばこの世の終わりがきた、というように何の抵抗もしなかったが、シルヴィアは、ときたま狂気のように叫び続け――だが、やはり体力そのものはシルヴィアのほうがずっと落ちているらしく、そのうちに気を失ってしまったので、ハゾスはかえってほっとした。

そして、王妃宮でずっと糾明を続けるのはあまりに不愉快だ、ということを悟ったので、二人を担架にのせてひそかに運び出させ、あれこれ考えた揚句に、黒曜宮にもある、身分の高い政治犯や重大犯などを収容するための小さな塔へと連れてゆかせたのであった。それは、かつて、マライア皇后もそこにいっとき幽閉されていたことのある塔であった。

（母のいたところに、娘もまた閉じこめられるというのも、これも因縁というものだろう。しかも、たぶん同じ――いうなれば反逆罪で）

ハゾスは考えた。

シルヴィアは手ひどく衰弱してしまっていたし、顔色など青黒くて見られたものではなかったが、何人もの子持ちであるハゾスには、シルヴィアがグインのいうとおり妊娠しているのにまぎれもないこと、それどころか、まもなくおそらく産み月であろうということははっきりとわかった。

これはもう、ランゴバルドから信頼できる医師を連れてきて、などという悠長なことをいっている場合ではないようだ、ということを、ハゾスは悟ったので、宮廷医師団のなかで、かつておのれがマライア皇后の陰謀にかかわって瀕死の重傷を負ったときに、親しく主治医として面倒をみてくれた医師を連れてくることにした。そして、一刻も早くシルヴィアを審問にとりかかれる状態にしなくてはならなかった。

クララのほうもすっかり衰弱していたが、これはどうやら何日もろくろく食べていなかったのと心労の結果らしかった。シルヴィアもほとんど何日もものを食べておらなかったのではないかとハゾスは考えた――それほどシルヴィアの状態はすさまじかった。

何回も洗ってやり、髪の毛も洗ってくしけずり、新しい寝間着を着せて、やっと多少は見られるようになったが、顔色はまだ青黒く死人のようだし、髪の毛はそそけだって、まことに墓場から這い出してきた女幽鬼そのもののように見えた。

（いっそ、死んでくれていればよかったのにな……）

どうしても、ハゾスは、思わないわけにゆかなかったが、そのたびに（愛しているのだ）という、グインのうめくような声を思い出して、懸命におのれをひきとめた。そうこうしているあいだにこのすさまじい一夜もあけて、鶏鳴もきこえ、遠くかすかに、東の空が白みかかってきていたのであった。

第四話　審　問

1

「イヤ」

弱々しい、だが断固とした声であった。

ベッドに寝かされ、一応真新しいさっぱりとした絹の寝間着を着せられ、肩で弱々しく喘ぎながら、シルヴィアは、なおも強情に天井をにらみつけていた。その目はすっかり落ち窪み、まだ二十歳そこそことはとうてい思えないくらい、その頬もげっそりとして、やつれはて、肌も荒れ、顔色は土気色を通り越して青黒くなっている。それを、内心ひそかにハゾスは（女幽鬼のようだ……）と考えていた。

「シルヴィアさま」

おのれをおさえて、怒鳴らぬように、声を荒らげすぎないよう気を付けながら、ハゾスは厳しく云った。グインの最大の親友をもって任ずる彼である。その友であり、敬愛する王である人物を、その彼が失踪し、記憶を喪失する、という非常な難儀にあっているあいだに、心配するどころか、このようなむざんなかたちで裏切っていた妻だ、と思うと、謹厳なハゾスには、まったくひとかけらでもシルヴィアに同情の余地などはなかったのだ。

「あなたはまだおのれのしでかしたことの重大すぎる意味をおわかりになっていないように思えますぞ。あなたはケイロニア皇帝アキレウス陛下の息女にして、ケイロニア王グイン陛下の奥方であられる。いわば国母として、国のすべての女どもの模範となり、淑徳、婦徳たるものの範を示さなくてはならぬ立場にあるおかただ。それが、かようの——口にするも汚らわしき不始末をしでかし、謹慎し恥じ入るだけでさえあるに、その何一つ反省の色さえなき態度——」

「いや」

シルヴィアは土気色にひびわれたくちびるをかみしめた。ほかにはもう、何も口にすることが出来なくなってしまった、というように、ハゾスとその手の者に強引に引きずり出され、否応なしに洗い上げられ、清潔な服を着せられて寝床にいわば放り込まれるあいだ、彼女はもう、ひとこともずっと口をきかなかったが、ハゾスが枕辺にあらわれてきびしく審問をはじめてからは「イヤ」というひとことしか、口にしてさえいなかった。

「イヤではございませんぞ！」

ハゾスは懸命におのれを押さえながら爆発した。

「さあ、おっしゃい。あなたが密通した相手の男はどこの誰です。その汚らわしい名を口にせずば、たとえ拷問づくででも白状させますぞ。たとえあなたが臨月の身重の身でも容赦は出来ぬ。ことがどれだけ重大か、あなたはおわかりになっておられぬとしか思えない。ことはケイロニアの面目にかかわるのですぞ――」

「……………」

こんどはシルヴィアは強情に黙りこくっていた。

なおもしばらくあれやこれやと情理をとき、ことばをつくして強情な貝のようになってしまったシルヴィアに口を開かせようとして無駄な努力をしてから、ついにハゾスはさじを投げた。

「それではまた参りますが、そのときには何があろうと口を開いていただかぬわけには参りませんぞ」

怒りを懸命にこらえながら、ハゾスは云った。本当は、口をきくのさえ汚らわしく、それどころかここにこうして同室していたくさえない心境だったのだ。生来謹厳実直で、妻をこよなく愛し、大切に家庭を守ってきたハゾスにとっては、このような《淫婦》こそ、もっとも忌むべきものであった。

しかも、シルヴィアについては、これまでにも、本来ならばただひとりの皇女としてケイロニアの女帝たるべき身でありながら、こともあろうに流れ者のダンス教師風情にまどわされ、それが黒魔道師の手先ではるかキタイへ誘拐されて、そのときもグインに救出されるという不始末もしでかしている。さらにそれはシルヴィア自身のせいではないとはいいながら、その母マライア皇后もまた、義弟と通じておのれの夫を暗殺しようとたくらんだ大淫婦であった。ハゾスもまた、その陰謀にまきこまれて、あわや一命を落としそこなっている。どこからいっても、どうあってもハゾスが彼女に同情する余地はなかった。

ハゾスは荒々しくベッドのわきから立ち上がり、シルヴィアをねめつけた。シルヴィアはぐったりと枕の上に乱れ髪の頭をのせ、化粧っけもない顔はげっそりとやつれはて、肩で苦しそうに息をするばかりで、うすい布団一枚をかけた腹部はまるまると盛り上がっていたが、肩だの胸だのは、あわれをもよおすほどに痩せこけてしまっていて、ほとんど布団の下にちゃんと肉体があるとさえ感じられないくらいに薄くなってしまっていたが、そのあわれな悲惨なすがたも、少しもハゾスの同情をひくにはいたらなかった。それどころか、シルヴィアが惨めであればあるほど、「自業自得だ！」という怒りにみちた考えが、ハゾスを占めてしまっていた。

「また、すぐ参ります。この次には医師を連れて参りますからな。お騒ぎになったり、あるいはずっと口を緘しておいでになろうと思っても無駄ですぞ——何があろうと、喋らせますからな。何があろうと！」

ハゾスはシルヴィアに指をつきつけて脅すようにいった。そして、荒々しい足音を立てて出ていった。うしろで、シルヴィアが力つきたように弱々しく啜り泣きはじめたが、それもまったくハゾスの同情をひくどころではなかった。

そのまま、ハゾスは怒りにまかせて荒々しく室を出、歩いて、こんどはもうひとつの部屋——もっと地下の、気の毒な女官のクララを幽閉してある部屋へと降りていった。

クララのほうは、これはシルヴィアに気に入られてしまったばかりにまったくのところ、とんだとばっちりというものであったが、もともとどこかを悪くしていたというわけではなく、シルヴィアにひきずられて外に出ることも出来なくさせられていただけで、打ちひしがれてはいたがからだのほうは、普通に衰弱しているだけだった。食事のほうは、これまた打ちのめされた王妃宮の女官たちの証言によれば、「毎日、もちろん、お運びしてはおりました——お掃除だって、させていただきたいと何度も申し出たのでございます」ということだった。

「でも、シルヴィアさまは、奥の寝室には、絶対に誰も——クララ以外のものは決して入ってはならぬとお申し付けになったのでございます。それで、わたくしどもは、せめても毎日お飲物やお食事をととのえてはお持ちしておりました——二人分です。お声をかけるといつもクララが次の間の入口までとりに参りました。でも、戻されるときにみると、いつも——クララのものはみな食べたあとがございましたが、シルヴィアさまのものは——だろうと思います、クララもそう申しておりましたから。わたくしはちゃんといただいているけれど、シルヴィアさまはいくらすすめてもいくらも召し上がらぬ、と——片方はほとんど手のついた形跡がなく……果物だの、飲み物は比較的あがっていたようでございますが、御飯は……」

だが、ともあれ、そのようなわけで、クララはすっかり打ちのめされていたし、衰弱もしていたが、むしろ、あのような恐しい幽閉から救出されてほっとしたようなようすだった。食事を与えられ、体も清潔にしてもらって新しい服を与えられてこざっぱりとしたので、見違えるようにも見えた。もっとも、その顔はまだやはりげっそりとやつれて土気色であったが、少なくともシルヴィアとは比べ物にならなかった。

「ああ、ハゾスさま！」

ハゾスが、地下牢に入ってゆくなり、哀れな女は両手をさしあげ、ふりしぼるように組み合わせて、命乞いをするようにさしあげた。

「わたくしは——わたくしはどうなるのでございますか？　わたくしは、何も——わたくしはなんにもいたしておりません！　わたくしはただ、シルヴィアさまに命じられて——いやいや、姫さまのご用をおつとめしていただけなんでございます！　わたくしは何にも悪いことなどいたしておりません！」

「やかましい」

ハゾスはさきほどのシルヴィアとの会見で相当に苛々していたので、このクララの哀願は時を得なかったばかりか、相手をも見損なった、という結果に終わってしまった。

「下らぬことをほざくな。これ以上悪いことが出来るか。女官といえば――まして皇女殿下お気に入りの女官とあるからは、どうあれおのれの一命を賭してでも、殿下の不行跡をおいさめし、おとどめするが役目――それを、こともあろうに手引きなどまでして、それでお役目がつとまるか。このうつけ者」

それもまた、他の女官たちが告げ口したことであった。

王妃宮の女官たちは、もうとうの昔からシルヴィアへの忠誠心などかけらほども持っていなかった――もとからまったくなかったのかもしれぬ。

それのみか、むしろ、王妃宮に配属されたことを、とんだおのれの不運だとがっかりもしていたし、シルヴィアに対してはひどくみな批判的でもあったので、哀れな自堕落なあるじの面目を守ってやろうなどとは、露ほども考えはしなかったのであった。彼女たちは、口々に、むしろ手柄顔にべらべらとあることないこと喋り立てて、すっかりそのことでハゾスをげっそりさせてしまった。だが、それは、げっそりはしても、有用な密告であったことは疑いをいれなかった。

「さようでございます。みんな、クララが手引きしておりましたので」

「シルヴィアさまは大体、クララ以外の女官など、みな敵だ、信用出来ぬとおっしゃいまして、一切近づけようとなさいませんでしたからね」

「それで、クララばかりが、本当にまるで親友づらをして、シルヴィアさまのところに入り浸りで——わたくしどもは御用やおうかがいをたてますさいにも、必ずまず、クララを通さなくてはならぬようなありさまでございました」

そのことに、明らかに女官たちはかなりうっぷんを感じていたので、クララには——クララのほうからシルヴィアに取り入ったりしたわけではなく、ひとえにそれはシルヴィアが「クララ、クララ」とクララばかりを頼りにしたせいであったにもかかわらず、非常に敵意を持っていたのであった。それで、女官たちの口吻にはまったく何の容赦もなかった。

「シルヴィアさまはクララにだけは何でも打ち明けられましたし——クララになんでもご相談なさいました。ですから、こんどのことだって、クララだけはそもそもの兆候があらわれた——ご懐妊のでございますよ、そもそもの最初から知っていたのに間違いございませんし、その相手だって、知っていたのに間違いございません。あたしどもはなんだかおかしい、と思っているばかりでございました」

「あれはどのくらい前だったかしらねえ、ルーナ。——ああ、そう、四、五ヶ月前だったと思うのでございますが……」

「たいへん、あのその、尾籠なお話でございますが……もっと下のほうの身分の——シルヴィアさまのそのう、お下のほうのお掃除をする係のものが……なんだかへんだ、シルヴィアさまのその、あの——当然毎月おありになるはずのものが、このところずっとおありにならぬようだが、と……」

「おお、そう、それで、まさか、まさかと思っておりましたのでございますが——」

「ご存じかどうか、シルヴィアさまのお寝間は、奥にもうひとつ小部屋がございまして、その奥にもうひとつ、あまり人の知らぬ小さな扉がございまして、その先は奥庭になっております。——そこはもともと、シルヴィアさまが気がふさぐようなときに、そこから外へ出て奥庭をこっそり散歩されるようにというので、庭師に命じてつけられた小さな裏木戸だったのでございますが、生け垣のあいだをぬけて参りますと、外からこの庭をぬけ、この小さな扉を通って、シルヴィアさまのお寝間に直接入ることも出来るんでございます」

「もちろん、あたしどもはこちら側でご警護いたしておりましても、あいだに二つ部屋がございますから、もしもシルヴィアさまが奥の扉から誰か、そのう、殿御を引き入れられたとしましても、まったく——こちらまでは何の物音も聞こえません。それにもう、あたしどもは、この二つのお部屋の最初のひとつくらいまでしか、とっくから入れていただけないようになっておりましたから——」

（あの女官どもめ——あの不忠ぶりと、あの、あるじ思いでなさだけでも、あのまま牢にぶちこんでしまってやるにあたいするというものだ）

その、女官どものあさましいかぎりの密告ぶりも、ハゾスを本当にひどくげんなりさせ、怒らせていたが、しかし、そこで得た情報はいずれも重要なものばかりだった。それはハゾスもいかに怒っていたとしても、認めないわけにはゆかなかった。

「もはや、おのれのしでかしたことは明らかなのだぞ。——奥庭に通じる扉とやらから、シルヴィアさまと通じる男を手引きしただろう。この、浅間しい女め」

「ごしょうでございます。お慈悲でございます」

クララのほうは、これはもともとはわりとかわいらしい顔をした、あまり気立ての強くないおとなしい女で、そのようなおとなしい性格であったから、シルヴィアに強烈に命じられればまったくあらがうことも出来なかったのであった。

そもそものクララが、シルヴィアの気に入りになった、といういきさつそのものにせよ、おおもとをただせば、シルヴィアの人柄を見極め、もしかしたら暗殺してやる、という物騒なたくらみを抱いて、女官に変装したオクタヴィア——その当時は「イリス」と名乗っていたが——が、はからずもシルヴィアの内面の告白をきくところとなり、そのときに、シルヴィアのほうが、彼女のことを女官の「クララ」だと思い込んでしまったのがきっかけであったことを思えば、それこそまことにクララの不運とも、あるいはまたヤーンのいたずらともいうしかない。だが、シルヴィアもクララも、そのようなこととはまったく露知らぬままであった。クララは、あるときから突然にシルヴィアがおのれになついてきて、「クララ、クララ」とひどく親しみをもちはじめ、そのうちにとうとう、クララでなければ夜も日もあけない、というふうになってしまったのを、仰天し、いぶかしみながらも、もともとおとなしい女でもあったし、またそうして慕い寄られれば悪い気もしなかったので、シルヴィアの「お気に入り」の地位に甘んじているうちに、どんどんこの深みへと引きずりこまれていったのであった。

また、シルヴィアはシルヴィアで、あの晩に生まれてはじめて自分の心のたけを打ち明け、それを優しくきいてくれたのが「この」クララであることをまったく疑ってもいなかったので、この誰ひとりとして信じられぬ冷たい宮廷のなかにあって、信用出来るのはただクララひとりである、という思いを、ますます強めていったばかりであったのである。

だが、あくまでもシルヴィアにとっては気の毒なことに、クララのほうは、そのなりゆきに、いささか目を白黒しながらもまきこまれていっていただけで、内心では、べつだんシルヴィアに対して他の女官に比べて特に同情的であったわけでもなければ、特に親しみをもっているわけでもなかった。ただ、おそらくは、クララは他の女官よりはいささか、気が優しくはあったのである。

それに、たとえほかの女官たちにはみな嫌われていようとも、とりあえず、この王妃宮のなかではシルヴィアが唯一のあるじであったのだから、その命令に面と向かってそむくことは出来なかった。しかし、シルヴィアは他の女官たちには残らず、その気まぐれと我儘と身勝手と、思いやりのない態度とからひどく嫌われていたから、シルヴィアの「お気に入り」になるということは、ほかの同輩たちからことごとく孤立させられる、ということでもあって、これは、クララにとってはまったく迷惑以外のなにものでもなかったのであった。

それに、シルヴィアは本当にこの世のことについて滑稽なくらい何も知らなかったし、気もまわらなかったから、クララを「お気に入り」に仕立ててしまったからといって、クララにそのことで金銭的な得をさせてくれる、ということもなかった。シルヴィアに気にいられても、本当にクララには、何の得になることもなかったのだ。逆に、ひたすら居心地は悪くなるし、友達はなくすし、悪いことばかりであった。

そんなわけで、クララは、シルヴィアに対して——おのれをとうとうこんな羽目にまで追い込んでしまって、地下牢に入れられるようなことにしてしまったシルヴィアに対して、どんな忠誠心をも守る理由など、まったく持ち合わせていなかったのである。むしろ、正直いって、怨み骨髄、といったところさえあった。どう考えても、こんどシルヴィアのしでかしたことの重大さは、むしろシルヴィアよりもクララのほうがずっとよくわかっていたからである。

「だけど、あたしにはどうしようもなかったんです」

クララはおのれの不運にうちひしがれながら、弱々しく啜り泣いた。だが、そのあわれみをこうような歔欷は、生来いかに文官とはいえもともとランゴバルド侯騎士団の団長としては武人でもあり、尚武の国ケイロニアの宰相でもある剛毅なハゾスに、あわれみを呼び覚ますどころか、ただいっそうの怒りをかって逆効果になるだけだったのだが。

「あたしには、シルヴィアさまをお止めすることなんか出来なかったんです。だって誰だって知っています――あのかたがいったんこうとおっしゃったことは、誰にだって決して止めることなんか、出来やしなかったんですから！　まして、あたしはただの女官で――何の権限もない、本来……あのかたの御命令をただひたすら、はいはいときくだけのしがない身の上で――」

「言い訳をするな。きさまの言い訳など、聞きたいわけではない」

ハゾスは容赦なく怒鳴りつけた。シルヴィアに対してはそこまで怒鳴りつけるわけにゆかなかったから、そのうっぷんはすべてクララに向けられたし、それに、ハゾスはどうしても、このような、ひとのせいにして言い訳をしようという態度そのものが好きになれなかったのだ。

「さあ、ありていに申せ。すべてありていに白状するのなら、拷問にかけるのだけは許してやる。だがちょっとでも口ごもったり、ためらったり、ましてや嘘いつわりをいうようなようすがあれば、ただちにもう一階下だ。——もう一階下には何があるか、お前も黒曜宮に多少長いことつとめた人間なら知っておろうな。——恐しい拷問部屋だぞ。そこでいくたの罪人どもが、激しい拷問のすえに何もかもすべてを白状したのだ」

「ああ、お許し下さい。あたしは何も隠し立てなんかいたしません」

クララは青ざめて必死に哀願した。

「あたしは何にも——何にもしていないんです。でも……でも、なんでもお話いたします。どんなことでもお話いたしますから……」

「では、話せ。シルヴィア殿下の相手の男は誰だ。どこのどんな奴だ。どうやって知り合い、どのようにしてお前が手引きして皇女の寝室に引き込んだのだ。——そのときすでにお前はあの皇女がケイロニア王陛下の王妃だということも知っていたはずだ。だがいまはその責任は問わないでおいてやる。ともかくありていに話せ。あの姦婦の腹の子の父親は誰だ」

「ああ——わからないのです。お許し下さい、お許し下さい！」

クララは泣きわめいた。ハゾスが血相をかえて詰め寄ろうとするので、なおさら必死で、あてがわれた粗末な椅子のなかでちぢみあがって椅子の腕木にしがみついていた。

「わからないだと」

「そうなんです。わからないのです。あのかたは——ああ、あのかたは、その……手当たり次第にいろんな男を、ありとあらゆる種類の男を……お寝間に引き入れられたのです。グイン陛下に仕返ししてやるのだとおっしゃって——グイン陛下に、夢のなかで斬り殺されたのだ、あたしはもう死んだのだから、あたしは何をしたっていいのだとおっしゃっていました。グイン陛下は夢でシルヴィアさまに会いに来て、そうしてシルヴィアさまを魔物だといって切ってしまわれたのだそうなんです。それを、シルヴィアさまはただの夢だとは——夜の闇がみせたまぼろしだとは思っておられないようすでした。それは夢だけれど、本当にあったことで、だからあのひとの気持はあたしにはよくわかったのだ、とそうおっしゃっておられました。——もともと、あのかたは、グイン陛下が出征なさるとき、あたしを置いて行くのなら、これほど頼んでいるのにあたしを置いて、新婚だというのにいってしまうのならば、そこいらじゅうの男と、サイロンじゅうのいやしい身分の男と寝てやる、といってグイン陛下を脅されていたのです。それをきいて、グイン陛下はひどくさげすんだ顔をなさって、そのまま出ていってしまわれました。もうずうっと前、あの、グイン陛下がパロに出兵なさる直前のことです。そのあともシルヴィアさまは、まる三日間泣き暮らしておられました。そうして何にも口になさいませんでした。でも、あたしは——これは神に誓って申し上げますが、そのあと、シルヴィアさまはすぐにそんな放埒をなさったわけではなかったのです。そのあとは、しばらく、あたしに、グイン陛下の冷たいしうちについてずっとぐちぐちと文句をいっておられましたが、それでも、そんな無軌道な放埒に飛び込もうとはなさっていなかったのです」

「何ということだ……話しにならん」

ハゾスは歯がみしながらつぶやいた。だが、ようやくなめらかにまわりだした女官の口は、こんどは逆に、止めようとしてもとまらなくなっていた。

「シルヴィアさまは——シルヴィアさまもむしろためらっておられたようでした。——もともとそのう——こんな立ち入ったことまで申し上げてあれでございますが、あのかたは……そういうお病気で……それは、あのキタイで、誘拐されて塔に閉じこめられていたときに、あのダンス教師のユリウスにそんなからだにされてしまったのだとおっしゃっておられましたが……そのう、これは……これはシルヴィアさまがおっしゃったことなのですから、どうかお怒りにならないで下さいまし、ハゾスさま——あたしはただ、シルヴィアさまのおおせになったとおりに申し上げているだけです」

「うるさい。本当のことを云っているのだったら、いちいちそのようなことをいうな。とっとと吐くほどのことを吐いてしまえ」

「は、はい。ですからその——ですからその、シルヴィアさまは、キタイで、そのユリウスという男に、あれやこれや、したい放題されて、いやらしい魔道の薬を使ってあれやこれやされたりして、その——男なしではいられないからだにされてしまったのだと——毎日、そのう、しないと、からだがほてって、寝ることも出来ない——二日、男なしでいれば気が狂ってしまいそうになって——あそこがそのう……あそこがおかしくなってしまうと……」

「なんと、いう、汚らわしい、話だ！」

ハゾスは激昂して怒鳴った。だが、怒鳴ってすむ場合ではない、と考えてかろうじておのれをおさえた。

「続けろ」

彼は怒鳴った。

「その汚らわしい話を続けるがいい。この女郎め」

2

「あたしは——あたしは何もしておりませんのに！」

　クララはさすがにそのハヅスの言い種に悲鳴のような抗議の叫びをあげた。だが、そのまままたしおしおと先を続けた。

「毎日毎日、あのかたは、グイン陛下が、そのような病気のからだになってしまった御自分をおいていってしまったことについて文句をいっておいででした。確かに、そのう、しないでおられるとひどく苛々されるらしく——あたしども女官たちはさんざん、あのかたの苛立ちに悩まされました。いろいろなものを手当たり次第に投げつけられたり……なかには、持っていった茶の温度がぬるすぎると、とても熱い茶の入った茶碗をなかみごと投げつけられて顔に大やけどをしてしまった女官もおります。怒鳴られたり、つねられたり——髪の毛を引っ張られたりいたしました。それは、たとえ、『お気に入り』だからといってあのかたは、あたしにも容赦はなさいませんでした——ただ、あたしと、他の女官たちとの違いは、あたしには、あのかたはあとで必ず後悔してあやまって下さる、というだけでした。――他の女官たちには、決してあやまったりなさいませんでしたのです。あの連中はみんなあたしを嫌いで、あたしを敵視していて、あたしの悪口をいってばかりいるあたしの敵なんだから、何をしようとあやまることなんかないのだ、といわれて――その大やけどをした女の子はまだ小さい女小姓で、そのやけどのために、とうとうお宿下がりをしなくてはならなくなったのですが、それでもあのかたは、自分が悪いんじゃないかとおっしゃっておられました。――でも、あたしにだけは、あやまって、あとで、必ず『そんなつもりじゃなかったのよ、クララ、だからあたしを嫌いにならないで。あたしにはお前しかいないんだから』とおっしゃって下さいました。――そうおっしゃられれば、あたしもそれなりに、ふびんな気持がしないでもなくて……」

「そんなことはいい。先を話せ」

「はい、それで――しばらくとても苛々してはおられましたが、それでもあのかたとしては懸命に、貞淑を守ってグインさまを待っていようとしておられたのです。毎日毎日、しだいに苛立ちがつのり、お怒りと気まぐれの発作も激しくなってしまわれましたけれど、それでも。――でも、とうとうその――その夢をみてしまわれて……」

「馬鹿々々しい」

荒々しくハゾスは吐き捨てた。

「夢だと。夢のなかで陛下があらわれてどうしただと」

「あの人は夢のなかであたしを切ったのよ、あのひとは本当はあたしが嫌いだったのだ、あたしが死ねばいいと思っていたんだ。その気持をあたしはとうとう夢魔のおかげで気付いてしまった。本当のことがわかったんだとおおせられて――そのあくる晩、あのかたは、ひさびさにサイロンへお出かけになりました……あたしはお止めしたのでございます。あたしは一生懸命お止めいたしました。でもあのかたはきかず、奥庭から抜けてゆく出入り口に小さい馬車を仕立てるようパリスに命じられまして……」

「誰だ、そのパリスというのは」

「あ、あの――あの、シルヴィアさまに昔からついております、下男でございます。おうまや係でございますとか、お庭番ですとか、いろいろ、しもじものことをする係で――特に何か、役割が決まっているわけではございませんで、このような女ばかりの宮殿ですからときたま男手が必要なこともございます、そのとき用に何人かの男手が用意されておりますが、そのなかのひとりで、御者もいたしますし、うまやのお世話もいたします。シルヴィアさまはもとからこのパリスがとてもお気に入りでございました。無口で、何も余分なことをいわないからいい、とおおせになっておられました」

「そのパリスという下男が、相手だとでもいうのか」

けわしく、ハゾスは云った。クララは一瞬口ごもった。

「いえあの——いえ、あの、最初は……そのパリスに馬車を仕立てるよう命じられて、それであの——サイロンの下町へ……」

「はい。そこで……最初のうちは確かに、面白おかしく遊んで、少しすっきりしたとおおせになって——御身分もお名前も隠されて、マントを着て出かけてゆかれまして……それで朝方に気付かれぬよう戻ってこられて、少しさっぱりしたわ、とおっしゃって、それからしばらくはおとなしくしておられて——でもそれからまた、だんだん苛々が溜まってこられるらしく、それでまたパリスに馬車を仕立てさせて……」

「どのへんにいって、どのように遊んでいたんだ、サイロンでは」

ハゾスは手厳しくきめつけた。クララは悄然としながら答えた。

「最初は、ただ、居酒屋とか……ちょっと柄の悪い飲み屋とか、そのようなところで……パリスをお供に飲んで騒いでおられただけのようです。ええ、わたくしには、『ちょっとだけ、気晴らしの散歩をしているだけよ』とおおせになり……——そのうちに、でも、あのう、そのう、男の人と……一緒に戻ってこられるようになり——最初は、男の人も、そのう、ここまでくると相手が誰だか知ってしりごみして逃げ出してしまったりするものもいたのですが、そのうちに——あの、どうやらそのあたりでこういうことと評判になってしまったようで……面白がってあのかたをつかまえようと待っているものもいたりして……いささか、もめごとになったりしたこともあるようですけれども、たいていの場合はパリスがとても腕っ節が強いのでおさめてくれた、といっておられました……」

「なんということだ」

思わず慄然としながら、ハゾスはつぶやいた。ハゾスには、少なくとも、皇女当人よりもずっと確かに、皇女がどんな危険をおかしていたのか、それが下手をしたらケイロニア全体にどのような危険をもたらしかねなかったのか、わかったのである。このような不行跡がばれたらケイロニア皇帝家の恥である、というだけではなく、もしもシルヴィア皇女と知って誘拐してやろう、というような悪党の手に落ちたとしたら、そのかわりにどのような要求をつきつけられても仕方ないところだったのだ。

「おい、マックス」

だが、そこでハゾスはいったん審問をとめて、この一件についておのれの手足として動くように任命した秘書官の名をよんだ。秘書官は鋭い目をした小柄なランゴバルド人で、この上もなくハゾスを敬愛しており、いまはずっとかたわらで書記をつとめて、大きな羽根ペンで素早く、ひとことごとにクララのいうことを書き取っていたのだった。

「ここはちょっと他のものにまかせて、いそいで王妃宮にゆき、そのパリスという男を押さえてこい。こういうことと知れば高飛びしているかもしれないが、王妃宮を押さえたときに外に出ていなければ、あのとき中にいたものはすべて押さえてあるはずだ。そのなかにいるだろう。有無を云わさずひったててここに連れてこい。そして、そやつを審問にかけるまでの当座、この隣りの牢へでもぶちこんでおけ」

「かしこまりました」

ふたこととは聞き返さずに、すぐにマックスは出ていった。ハゾスは別の騎士にこの破廉恥な口述の書記役をつとめるよう命じて、クララに向き直った。

「続けるがいい。それで、シルヴィア皇女はそのサイロンの下町での男あさりというのを続けたのか。そのたびに、男を連れ戻ったのか。男はいつも同じだったのか。それは何回くらい続いたのだ。そのおぞましい《散歩》とやらは」

「最初は、十日にいちどくらいでございましたが……だんだん、間隔がせばまってきて……」

クララは悲しげに、あわれみをこうように答えた。

「七日にいっぺんになり、五日にいっぺんになり……とうとう三日にいっぺんに——はい……あの、同じ男のかたは二度とはお連れになりませんでした……」

「その男というのは、まったく縁もゆかりもない、下町で酒場でひろったそのへんのごろつきだったのか」

おぞけをふるってハゾスはたずねた。クララはうなだれた。

「さようでございます。——たいてい、ごく身分のいやしい者にみえました——大柄で、たくましくて、そのう、あの——夜のことにたけていそうな、という基準で選んでおられたようでございました。その、あの……男のその——持ち物がなるべく大きくて……そうして、長持ちするのがいいの、とおっしゃっておられました……ヒッ」

ハゾスが、たまりかねて激しく机を叩いたので、クララは怯えて身をすくませた。

「お許し、お許し下さい。わ、わたくしが申したことではございませぬ。殿下が、シルヴィアさまがおっしゃったとおりに申し上げているだけのことでございます……」

「淫婦め」

食いしばった歯のあいだから押し出すようにして、ハゾスは呻いた。それからかろうじて、水をひと口のんで気を静めた。

「それで、その男あさりはだんだん激しくなっていって——どのくらい、続いたのだ。あんなからだになってからも、ずっと続いていたのか」

「い、いえ……」

クララはまたひどく怯えたようすになった。

「それからしばらくして……三、四ヶ月だったかと存じますが……シルヴィアさまが、どうしよう、毎月のものがないの、とおっしゃって……わたくしも動転いたしましたが、どうするすべもなく……いっそ女官長にお打ち明けになって何か処理の方策を考えて貰ったら、と申し上げてみましたが、とんでもない、とシルヴィアさまが拒まれました。──女官長なんて、わたしのことを大嫌いなのだから、すぐ、父上に告げ口にその足で飛んでゆくにきまっている。そうしたら、あたしはつかまえられて地下牢にいれられ、拷問を受けたあげくにひそかに毒を飲まされて、お母様みたいに抹殺されてしまうのよ、それはお前とても同じなのよ、監督不行届きの罪により、お前だって、地下牢ゆきの、拷問と、そうして毒殺よ、とおっしゃいますので、わたくし、恐ろしくて……」

「これを放置しておいたら、どうなるかくらいわからなかったのか。第一、あれだけ人数の多い王妃宮にいて、隠し通せるとでも思っていたのか。このうつけが」

「そうは──いえ、もう途中からは何も考えられませんでした。ただ、シルヴィアさまのお怒りが──さからいますと、あまりにも半狂乱でお怒りになりますので、そのお怒りが恐ろしさに、確かにわたくしも目がくらんでいたかもしれません。でも、わたくしにどうすることが出来ましたろう！　わたくしはただのシルヴィアさまづきの腰元でございます。何も……何も権限も特に与えられておりませんし、それに、朋輩には、シルヴィアさまにお気に入りということでひどく嫌われて仲間外れにされておりましたから、誰に相談することも出来ませんでした。またこんな恐しいこと、誰にも相談出来ませんでした。それに──それに、わたくしは、ずっと──もう十歳のころに見習いにあがってから、ずっと……皇女さまづきの女官として、黒曜宮でしか生活してきておりませぬ。

もちろん、未通でございますし、殿方とおつきあいしたこともございません。夜のこと、男女のことについてはほとんど何も知らないんでございます。――シルヴィアさまが御機嫌のいいときには、きのうの男はああで、こうで、あそこがこんなで、それを使ってこんなことまでしたのよ、などとみだらなことをお話になりますので、びっくりしながら聞いておりましたくらいで――何もわからないんでございます。でございますから、シルヴィアさまが、月のものがないとおおせになったときも、それがどういうことなのか、あまりぴんときてはおりませんで――シルヴィアさまも、困ったとは思っておいでだったと思いますけれど、もうちょっと様子を見てみたらあるかもしれない、もしかしたら遅れているだけかもしれない、とおっしゃいますし――そのうちに、そういうこともおおせにならなくなりまして――そうして、シルヴィアさまのお腹が……だんだんと――ああ、恐しいこと――」

「恐しいと思うだけの頭があるのだったら、何故に、そこでそれをこれこれこうと黒曜宮のお偉方に訴え出ないのだ」

ハゾスは叱りつけた。

「そのときならば、まだ堕すことだって出来ただろうし――どのようにも手のうちちょうがあっただろうに。どうして、こんなになるまで放っておいたのだ。それがお前の忠義なのか。このたわけめ」

「放っておいたわけでは——放っておいたわけではございません……」

　クララはとうとう、声を放って泣きだした。

「わたくしは、何かおいさめしたり、提案したりすればシルヴィアさまに怒鳴られ、何かぶつけられ、罵られ——相談しようにもこんな重大なこと、誰に話していいものかわからず、朋輩たちには嫌われ、仲間外れにされ——まったく、どうしていいかわからなかったのでございます。そうするあいだにもシルヴィアさまは……あんなお身重のおからだになられてからもまだ——男を……その——わたくしがおとめいたしますと、あら、男って、はらみ女とやるのを喜ぶみたいよ、けっこう面白がるし、出来てるんだったら、もう出来る心配はねえってわけだな、なんていうのよ、面白いわ、とけらけら笑っておっしゃっておられましたから——」

　ハゾスは、一瞬、思わず反射的に両手をあげて耳をふさいだ。

　それから、辛うじて気を取り直してその手をおろした。

「わたくしとても、おいさめはいたしたのでございます——そのたびに、あたしのからだよ、あたしが好きにしたっていいのよ、あたしのからだはあたしだけのものなんだから、誰もあたしを大事だと思ってくれなんかしないんだから、あたしは何をしたってかまやしないんだわ、とおおせになりまして……それに、こうもおっしゃいました。あたしはきいたことがあるの、ものすごく激しくやると、そのはずみで、お腹の子が流れてしまうとか——うんと早く、四、五ヶ月で出てきて自然に流れてしまうっていうから、とにかくものすごくやってやりまくってこんな誰が父親だかもわからないような子、流してしまってやろうと思ってるの——と……」

「もういい」

思わず、ハゾスは呻くように叫んだ。そして、よろよろと立ち上がった。

「この女を見張っていろ」

荒々しく命じて、それから走るようにして外に出るなり、階段をかけあがって、戸外に飛び出した。

ハゾスはあっという間にもろもろのことを手早く実行にうつしたので、まだ、それはグインがシルヴィアのもとを訪れてシルヴィアの異変に気が付いてから、夜があけてさえいないときのことであった。グインは宴がおわってからただちにシルヴィアを訪れて、そしてすぐにとって返してハゾスを呼んでいたし、ハゾスはきくなりまたただちに兵をひきいて王妃宮を閉鎖にかかったので、その後のもろもろのごたごたをいれても、ハゾスがクラテの審問をはじめたのは、深更のことだったのだ。

まもなくさすがに夜明けが近いようすで、空は暗かったがかすかに東のほうがしらみはじめていた。地下牢のある建物は、主宮殿の北側に建てられている、日当たりの悪い、だがきわめて頑丈にレンガで作られたもので、通称は「北の丸」と呼ばれていたが、日当たりも悪く、あまり窓などもないので、上は倉庫がわりに使われ、そしてその地下が、こうした陰惨な審問だの、拷問だの、臨時の幽閉だの、といったぞっとしない目的のために使われているものであった。本来、正式の牢獄としては、風ヶ丘ではなく、かなりはなれた闇が丘に、牢獄と死刑執行場をともなった、「新月監獄」と呼ばれる陰惨な建物がもうけられていて、厳重に監視されていた。だが、北の丸にはこれまた窓もない塔がふたつ、両側に建てられており、身分ある囚人や、黒曜宮の幹部たちがあまり目をはなさぬようにして監視していたい、と思うことさらに危険な囚人などは、こちらの建物に幽閉されているのがつねであった。

ハゾスはその塔のひとつ「東塔」の一階から、とりあえず外に出たのであったが、ふうっと外の空気を深々と吸いこんで、深い吐息をついた。そして、ようやく多少なりともひとごこちがついた、という顔をした。

「ああ——なんという話だ。なんという呪われた夜なんだ！」

ハゾスは低く呻いたが、そんなにはっきりと口には出さなかった。どこで誰が聞いておらぬものでもない、ということを考えたのだ。

「大帝陛下が、グイン陛下にあの淫婦をめあわせようと考えたその日に最大の呪いあれだ！　あのような大丈夫ともあろうものが——いったいなんだって、こんな——これほどの淫婦に縛りつけられなくてはならんのだ。——なんてお気の毒な話だ。なんていとわしい、なんていまわしい――しかも、いまだに、陛下のほうは、『彼女を愛している』とさえ云われている！――その陛下に、こんなあまりにも――あまりにもむごいことが云えるものか？　俺ではないぞ――誰ならば云えるんだ？　俺ではない。俺は――ごめんをこうむりたい。この上、あの――ようやくサイロンに戻りついて、ほっとされたばかりのあのかたの心をむち打つような真似は――俺にはとうてい出来たものではない――が、しなくてはならんのだ。なんということだ――もういっそ、闇ヶ丘の監獄に送り込んで――あそこにいる、すこぶるつきに悪名の高い死刑執行人に、こっそりとあの女の細首を切り落とさせてくれようか。そのほうがはるかにケイロニアのためにも、グイン陛下のためにもいいに違いない――誰だ！」

「マックスでございます。そこにおいででございましたか、ハゾスさま」

かつかつと馬のひづめが乱れて寄ってくる音と、からからと馬車のわだちのまわる音、そして「ドウドウ」と馬をなだめる声、などがハゾスをはっと身構えさせたのであった。

だが、近づいてきたのはマックスであった。

「パリスという男をひっとらえ、御命令どおりにここに連れて参ってございます」

「そうか。では、下へ早速――いや、待て」

ちょっとした好奇心から、ハゾスは、ようやくしらみはじめようとしている薄暗がりのなかで、馬車に近づいていった。マックスに命じられて、ランゴバルド侯騎士団の騎士たちが、高手小手に縛りあげられて観念したようすで大人しくしている、かなり大柄でずんぐりした感じのする男を、馬車から引きずりおろそうとしているところだった。

その男は、舌を噛まぬ用心にか、それとも大声を出さぬようにとか、しっかりと口にもさるぐつわをかまされていたが、お世辞にも美男子とか、整った容姿、といったものとは縁がないことはひと目でわかった。いかつくてがっちりとした、肩幅の広く胸板の厚い、いかにも無骨な感じの男だった。そして、もしかしてかなり知能が足りないのではないかと思わせるような、きょとんとした目をしており、その目はどんよりと濁っていたが、いかにも力と体力だけはありそうなようすに見えた。

（――あの淫乱皇女め、この男とも……）

なんともいえぬ、いやな味わいのようなものが、ハゾスの口のなかに浮かんできた。

「引っ立てろ。そして地下牢にぶちこんで、私が審問に降りるまで、縛り上げたままにしておけ。情けをかけることは一切いらん」

ハゾスはおそろしくイヤなものでも見てしまったかのようにそのしもじもの男から目をそむけた。そして、騎士たちが抵抗もせぬかわり協力もしようとせぬパリスを引き立てて、建物のなかに入ってゆくのを見送ると、また、憂鬱きわまりない、というようすで大きな溜息をついた。

（ああ、本当に憂鬱な事件だ。心が沈むといったらない）

ハゾスは内心またうめくようにつぶやいた。

(本当ならば、あのような、歴史に残る英傑——豪傑とも、英雄とも——いおうような、非の打ちどころのないおかたなのに——どのような賢夫人がおいでになっても、どのような気高く美しい姫君と結ばれても——少しの支障もないところだというのに! それが、いったいどうしてこんな悲劇的な結婚をさせられることになってしまったのだろう。俺はアキレウス陛下の忠実な臣下ではあるが、この一件についてだけは、大帝陛下をお恨み申し上げたい心情でいっぱいだ。これでは、グイン陛下がお気の毒すぎる。——といって、オクタヴィア姫ではおいやだと、陛下はいわれる——なんということだ。はたからみれば、申し分のない組み合わせにみえても、逆に陛下のほうは、申し分がないからこそ、イヤなのだ、といわれるのだからな! 彼女はおのれの助力を必要としてない、といわれた。——そういうものなのかな。豪傑の考えること、などというものは。——だが、そのために、陛下はこんなに不幸なめぐりあわせを押しつけられておいでになるのだが……)

(あの淫婦め。タイスの淫売よりまだひどい——きゃつらは金で男に身を売るのだ。それはそれで、なさけない所業であり、恥ずべき身の上であるとはいいながら、同情すべき余地もないでもないし、またそれなりに、ひとつの生き方なのだから、俺ごときが何をいうかと云われなくもない。だが、かのいたずら女の場合には——まことに一分の同情の余地さえもない！　あるものか。あの女は、誘拐されて色情狂にされた、というのを金科玉条のようにして、夜な夜なサイロンで男あさりをしていたのだ。おお、なんということだろう。神よ――サイロンでは、ケイロニア皇帝の息女、ケイロニア王の王妃ともあるものが、夜な夜な男あさりをしては王妃宮に連れ込む――まるで吟遊詩人のうたった、あの『バビルニアの大淫婦』女王サリュトミネートのような所業をしているのだ、ということが、すでに評判になっていたのだろうか？　ああ、ぞっとする――ケイロニア皇帝家の権威は地におち、恥にまみれてしまった。どうしたら、それをもとに戻すことが出来るだろう――あの女が拾ったという男を探しだして全員抹殺してしまうか？　とんでもない――そんなことをしたら、あのうわさは真実だったのだと、みずみず白状しているようなものだ、黒曜宮みずからが！――だが、このままにしておくわけにはゆかぬ。このままでは、グイン陛下の顔にだって泥を塗るばかりではない、陛下の評判にだって傷がつく。なんとしても、この一件は――ありったけの俺の知能をふりしぼって、賢く処理せねばならぬ。そして、あとに少しでも禍いの種を残してはならぬのだ。――どうしたらいいだろう。どうすべきか？　誇りたかきケイロニア皇帝の息女ならば、このようなうきめをみるほどならば――いさぎよく自害して果てるべきだろうに！　だが、いまもし――あの淫婦めを無理に自害させたりしたら陛下のほうも深く傷つかれるだろうし、また、それによって陛下も皇帝家との縁が切れてしまう。それはまずい——あの女にはいまのところは少なくとも、生きていてもらわぬわけにはゆかぬのだ。畜生め！——ああ、腹が煮える。なんということだ。なんという！）

ハゾスの悲憤慷慨には、限りがなかった。

3

まことに不愉快な審問ではあったが、続けないわけにはゆかなかった。ハゾスは深い溜息をつきながら、地下牢へと戻っていったが、少し時間がたったあいだに、クララのほうはすっかり参ってしまっていて、戻ってきたハゾスの顔を見るなり、もう、何のしっこしもなくあることないことあらいざらい、といった感じで喋り出して、かえっていっそうハゾスをげっそりさせたのであった。

「あたしは、いったいどうなるのでございましょうか？　ごしょうです、お慈悲でございます、ハゾスさま！　あたくしは何にも、ほんとに何にも悪いことなどしていないんです。それはちょっと……それはちょっとシルヴィアさまに命じられて手引きはいたしたかもしれません。男が夜、シルヴィアさまと一緒に、それとも待ち合わせて裏木戸にやってきて、御寝所に入るのを手引きしたり、それを朝、追い返すのをお手伝いいたしたりはしたかもしれません！　でもそれは、みんなみんなシルヴィアさまに命じられてやったことです。あたしにはどうしようもなかったんです。だってあたしはただの侍女なんですから！　そうでしょう。ただの侍女が、御主人様のおっしゃることにどうして逆らえましょう？　あたしはただ、シルヴィアさまのおっしゃるとおりに、忠実に御命令にしたがっていただけです。それだけなんです……ああ、だから、どうか、お願いです。あたくしに罰を与えないでください……あたしを——あたしを殺さないでください、処刑なさらないで下さい。あたしには、老いた母親が——父が死んでしまってから、あたしの仕送りだけを頼りに暮らしている年老いたからだの弱い母親が郷里にいるんでございます……あたしが処刑されてしまったら、母も死んでしまいます。どうか、ああ、どうか……」

クララは最後には泣きながらかきくどきはじめて、いっそうハゾスをげんなりとさせた。

「もういい」

ハゾスは荒々しく怒鳴り、とりすがろうと弱々しく手をさしのべるクララを、温厚な彼には珍しく荒々しく振り払った。

「きさまが男であったら、ただではすまさぬところだ。——女であろうとも、かりそめにもケイロニア皇帝家に、しかも皇帝の御血縁にかくも近しくお仕えすることを許された者として、なんたるなさけなさだ。おのれの保身しか考えぬとは——それがおのれの忠義か。そのような側近しかおらなかったのは、シルヴィア皇女の不明や不徳のいたりかもしれぬが、それをたしなめも、いさめもせず、やりたい放題にやらせていたきさまらはしためどももみんな同罪だ。いずれ思い知らせてやる。おのれの罪深さをとくと地下牢で反省するがいい」

怒鳴りつけると、泣き崩れるクララを置いて、ハゾスはうんざりしながら牢を出ていってしまった。もう、どちらにせよ、この、すっかり打ちひしがれた侍女からは聞き出すほどのことはみな聞き出してしまった、とも判断したのである。確かに、この女が、大したことを知らない——というよりも、本当にシルヴィアに命じられたとおりにただおろおろと命令を果たしていただけの小物であることはよくわかったし、それに、そのクララが口にしたシルヴィアの不行跡だけでも、ハゾスを十二分にぞっとさせるに足りた。

（あのかたは、べつだんあいての名前さえ聞こうとはなさいませんでした……ただ、からだが大きくて、男のそのう、持ち物が大きければ大きいほどよかったんです。そうして、絶倫で、一晩に何回も出来るのが最高だって……何人か、ことにあのかたが気にいられて、何回もお呼びになった男がおりましたが、ひとりは……確かそのう、タルーアンからきた工事人足で、サイロン街道の工事のために出かせぎにきたと申しておりました。もうひとりは、身分のいやしい剣闘士で、アトキア人だといっていたと思いますが、この男はたくましくてことのほかシルヴィアさまのお気に入りでございました……でも、この男は、図に乗ってシルヴィアさまにお金をずいぶんとせびるようになったんです。ここが黒曜宮で、あんたはただの淫らな貴婦人なんかじゃなく、ケイロニア王グインの王妃だってことはもうわかってるんだ、といって——とても悪い男でした。シルヴィアさまがとても困られたので——パリスがその男を、帰すときに刺し殺してしまいました。死体は、パリスが処分したようです……）

クララの言葉を思い出しながら、ハゾスは暗澹としていた。

（なんという——ああ、もう、なんということだ、とさえ云う気力さえない。男をあさり、その男から恐喝されて、それを殺させて死体を処分させるとは……ただの犯罪者ではないか。それが——それがあの、高貴にして剛毅なるアキレウス大帝の正式の息女なのだ。——下手をしたらケイロニアの女帝になるかもしれなかった女なのだ。……なんと、恐しいことだ！　こんなことは——グイン陛下にも、ましてやアキレウス陛下にも申し上げるわけにはゆかぬ。こんなことをお聞きになったら、高潔な両陛下はおそらく——悲嘆のあまり気が狂っておしまいになる。老齢の上にご病気のアキレウス陛下にとっては——ようやく、グイン陛下がお戻りになって、少しづつ健康を取り戻しつつあるところだというのに……このような話をきかれたら、衝撃のあまりどっとまたご容態が悪化してしまわれるかもしれぬ。いや——この件についてだけは、グイン陛下のいわれるとおりだ。何があろうと、こんないまわしい話は、決してアキレウス陛下にはお知らせ出来ぬ。——グイン陛下にも——これは、俺が——知らせたくない。おのれの愛している女性のそんなにもむざんな所業など——決して知らせるわけにはゆかぬ……）

（せめて、誰か——誰か他の男に恋におちて——その男と不倫をはたらいた、というのなら、まだしもだ——まだしも、それはグイン陛下に手酷い傷をあたえはするだろうが、それはそれで——話としてはまだしもまともだ……ただ、心配なのは、俺が恐れるのは、そうなったときに、グイン陛下が——どのようにお感じになるか、ということだ。あのかたは、ずっと、おのれの豹頭に、持たなくてもよいひけめを感じておられる。——俺などからみたら、いや、ケイロニアのすべての貴婦人からみたって、あのかたが豹頭だ、などということはもはや、あのかたがケイロニア最高の快男児であることの何のさまたげにもなっておらぬものを……それを、なぜ、あのかたは——いや、あのかたにしてみれば、それは無理もない悩みなのかもしれぬが……）

（あのかたが、おのれが豹頭だから、シルヴィア皇女が他の男に走ったのだ、と思われると——いっそう、あのかたは引っ込み思案になってしまわれるだろう、女性全般に対して。それでは困る——あのかたには、どうあれ、出来ることなら立派なケイロニウス皇帝家のあとつぎを作っていただきたいのだからな。これはまことに身勝手な考えかもしれぬが——いや、だが、ケイロニアの宰相としては、ケイロニアの未来を考えれば当然のことでもあるはずだ）

（そうだ、パリス——あのパリスという男とも、シルヴィア皇女はいまわしい淪落の罪をおかしていたはずだ。ディモスが確かそういっていた——あの男は、もうずいぶん長いあいだ、シルヴィア皇女づきの下男であったのだろうか？　御者をやっていたといっているからには、近づきになるにも機会は何かと多かっただろう。もしも、あの男ひとりと——シルヴィア皇女が不倫をしでかしていた、ということなら——見るからに、体はたくましいが、愚鈍そうな、生まれ育ちもいやしげな、体力だけがとりえ、といった感じのしもじもの男のようだった。あの男が——ずっとそばにいたゆえ、ついついシルヴィア皇女が、良人のそばにおらぬ長い不在の寂しさゆえにあの男、ずっとそばにつきしたがっているあの男と不倫の恋に落ちてしまった、ということなら——まだしも、グイン陛下も——納得はされるかもしれぬ……いくらなんでも、おのれの妻が、夜な夜なサイロンの街に出かけて、手当たりしだいに強蔵をあさっていた、などとは——あのような高潔なかたの想像だに及ぶところではないだろう……そうだな、なるほど——よし）

それでも、そのように考えが多少まとまったので、少しだけほっとして、ハゾスはようやく、もうすっかり空も明るくなってしまってから、かろうじておのれの宿舎に戻って、わずかばかりではあったが仮眠をとるひまも見つけたのであった。

考えてみればずっと夜通し、まったく休むひまも、気が休まるいとまもなくこの不愉快な事件にたずさわっていたのだ。くたくたに疲れていたので、ハゾスは横になるなりぐったりと眠ってしまったが、たちどころにさまざまな悪夢に襲われ、目がさめるとよけいに疲れているような陰惨な気持であった。

だが、それで、ようやく次の日がやってくると、また宰相の激務がハゾスを待ちかまえていた。今日は、それでも、大きな行事はとりあえずなく、二日後に、黒曜宮での外国使節や大使たち、それに先日の宴にはよばれなかったような貴族たちすべてを招待しての大舞踏会が企画されている。その準備は式典の専門家というべき、宮内庁の長官にまかせておけばよかったし、当面はもっとも急場の用といえば、この陰惨な一件だけではあった。

それでも、ハゾスが、今日中に目をとおしたり、裁決したり、宰相の印を押してかえしたりしなくてはならぬ書類を片付け、ひとつ予定されていた会議を片付け、いくつかの公務の会見ごとを片付けて、ようやくまた、陰鬱な地下牢に戻ってくることが出来たときには、もう夕刻に近くなっていた。

（今日は、グイン陛下には、朝の謁見のときにちらとお目にかかっただけだったが……あとで、御報告にゆかずばなるまいが。さぞかしお気にしておられるだろうからな。――だが、それまでになんとかして、パリスという男に自供させるという格好に――拷問だろうが無理強いだろうが、なんでもいいから供述書をとって、それに拇印なりと押させ、とにかくこの男とシルヴィア皇女が姦通して、子供が出来た、ということにしなくては……)

(あのクララという女官には、気の毒だが、やはり死んでもらうほかはあるまい。——どうやら、はっきりと、シルヴィア皇女のとてつもない不行跡について知っているのは、あの女とそのパリスだけのようだ。——むろん相手をした男どものほうはこれから調べまわったりすればなおのこと、いらざるうわさの種を蒔いてしまうだろうし——そのゆすった男というのを、パリスが片付けてくれたというのは、まあもっけの幸いといってよかった。ほかの奴らも、もしもそちらから、ゆすりにでも出向いてきてくれれば逆に、それでこちらはそいつらを一網打尽にだって出来るのだが——)

(いやいや、だが、このようなことは、そっとしておくに限る。そっとしておいて、とにかく、サイロンではどんなうわさが流れていようとも黒曜宮側は素知らぬ顔をしていることだ。そうして、それこそひとの噂も七十五日とやら、いっときどのようにうわさになっても、いずれそれが下火になるのを忍耐強く待っているのが一番よかろう。宮廷内では、むしろある程度意図的に、パリスとシルヴィア皇女の密通のうわさを流して——それでもグイン陛下の体面はまるつぶれにはなるだろうが、あのかたはあれだけ人望も人気もおありになる。おそらくは逆に、『陛下がお可哀想』『あんなに苦難を乗り越えて戻っていらしたのに裏切られるなんて』という、そういう話になるだろう。——誰か懇意の、宮廷内のうわさを左右できそうな金棒引きの女官を選んで、そういう話にもってゆけないかと仕向けてみてもいい。そうすれば、『陛下はあれほどケイロニアのために尽くされたというのに、なんてお可哀想な』という雰囲気を作り出せるだろう——それにもとより、シルヴィア皇女はまったく人望がなく、それに対して陛下はいまや宮廷じゅうの人気の的だからな。そう、誰も——誰ひとりとして、陛下が豹頭だ、などということを、いまさら気がつくものさえないほどだというのに。——ひとり陛下だけが、くよくよと気にしておられる。大丈夫ともあろうものが——まあ、陛下のお気持ちも解らぬわけではないが……）

（ともあれシルヴィア皇女は、俺としては無念ながら、いまいなくなってもらうわけにはゆかぬ。なんとか方策をたてて、グイン陛下を直接アキレウス陛下の正式の嫡男と認めていただくようなかたちをとるまでは——シルヴィア皇女がいなくなって、グイン陛下はオクタヴィアさまと結婚するお気持がなく、ケイロニウス皇帝家と一切のつながりがなくなってしまうことになってはおおごとというもおろかなケイロニアの大危機になってしまう。——だから、なんとかそうしてグイン陛下をアキレウス陛下の本当の息子に出来るまでは、生かしておかなくてはならぬし——だが、もうグイン陛下には決して会わせぬようにしておかねばならぬ。ということは、まあ——どこかに軟禁して、もう一生、人前に出られぬよう、ましてやまたうろうろとほっつき出て男あさりなど、した

くとも二度とは出来ぬようにとじこめておかなくてはならぬ、ということだな)

（そのかわり——クララと、そしてパリスには、すべての罪を背負って死んでもらわなくてはならぬ。王妃づきの女官どももも う二度と日の目は見せぬぞ、不届き者どもめら。——このハゾスとて、日頃は穏健派だの、慈悲深いのといわれぬわけではないが、今度ばかりは鬼になるぞ。——おのれ、よくも、わが親友の顔にこんなにもむごい泥を塗りおったな。それをおめおめと傍観したり、あまつさえその手助けまでしおったな、この亡国の売女どもめ……）

ハゾスの憤激は限りがなかった。

もう、クララから聞き出すことはほとんどないように思われたので、ハゾスはクララを厳重に見張って地下牢に閉じこめ、最低限度いのちをつなげる程度の水と食事だけを与えるように、と命じておいて、いよいよ、夜になると、問題の男の地下牢に勢いこんで降りていった。その前に、ハゾスにとってはまったく余計なことに思われた、舅との会食、という私的な行事が入っていて、いささかならず勢いをそいだのだが。

ハゾスの舅アトキア侯ギランは、気立てもいいし、忠誠でもあるが、あまり気のまわるほうでもなく、また頭脳の回転が速いというほうでもなく、どちらかといえば退屈な老人であった。だが、天下の切れ者として知られるこの婿をこの上もなく誇りにしていて、とても大切に扱っていたし、その娘、つまりはアトキア侯の姫君である妻のネリアとは、ハゾスはこの上もなくうまくいっていて、慎ましく聡明で気立てもよく、遠いランゴバルドにあってしっかりと留守を守っている妻にとても満足していたから、舅がちょっとばかり退屈な、くりごとの多い老人であるからといって、粗末に扱おうなどという気持はさらさらなかった。

それに、ちょうど、ハゾスの長男のリヌス子爵が母親の名代として、サイロンにやってきていたので、この会食は、舅だけではなく、久々に会う嫡男との、親子三代の食事でもあったのだ。リヌスはようやく十六歳になったばかりの少年であったが、十八歳になったらめでたくサイロンにのぼって父のかたわらにあってランゴバルド侯の嫡子としての訓練に入ると同時に、将来のランゴバルド侯たるにふさわしい修業をつむため、黒竜騎士団に入団することが決まっていた。

このリヌスは、ハゾスの自慢の息子であった——すらりとしていて、男前の父親ともの柔らかな中にもきりりとしたケイロニア美人の母親の容姿のよさを受け継いで、すっきりとしたいかにも頭のよさそうな端正な顔立ちと、きらきらと輝く瞳を持っていた。頭も良く、性格も果断で、先行きは、アンテーヌ侯アウルス・フェロンのきわめて遅くもうけた嫡男で、アウルスがかたときもかたわらからはなさぬアウルス・アランと並んで、ケイロニア宮廷を背負って立つ次代の人材になるだろうとすでにうわさされていたのである。次男のアルディス公子は、後継者がいなくてこの代で絶えてしまうおそれのある、ローデス侯ロベルトの養子として、ローデスに縁づくことがすでに決まっていたので、ハゾスにとっては、ランゴバルド侯家を託すのはこの長男ひとりであり、出来ればもうあと一人か二人男の子が欲しい、という気持もあったけれども、ともあれまずはリヌスが頼もしい右腕になってくれればと思っているところであった。

「母上の御様子はどうだ？」

たずねたハゾスに、リヌスはひさびさに会う父にははにかみながらも、きびきびと答えた。

「はい。大変お元気で、おかわりなく毎日お忙しく過ごしておられます。僕が国もとを出立する前日には、ちょうどランゴバルドの毎年の名物になっております、木イチゴ摘みが盛大に行われておりましたので、そこにお出ましになって、妹たちとたいそう沢山の収穫を持ってお戻りになりました。でも木イチゴのジャムを煮るのはまだ、いろいろ手順があって時間がかかるので、父上にお土産に持っていってもらえないのはとても残念だと話しておられました。でも、今年の木イチゴはとても実の入りがいいので、ジャムに煮るばかりでなく、父上のお好きな果実酒に漬け込んだら、つぼに詰めて、少し熟成してからサイロンにお届けさせるので、楽しみにしていて下さい、ということでございました」

「そうか。お前の妹たちもかわりはないのだな」

「はい。ミニアは今年から長い上スカートをはくようになりまして、とても自慢にしております。母上はミニアにとてもきれいな紺色のびろうどに、お手ずからロザリアの刺繍をした上スカートと、おそろいの胴着を縫ってくださいました。それをみて、まだまだ長い上スカートをはくには当分あるのですが、エミリアがあまりうらやましがって泣くものですから、母上は、しょうことなしに、とてもきれいなバラ色のびろうどで、短い上スカートのすそにひだひだをつけて、そこにもカリンカの花を刺繍したのを作っておあげになりました」

「そうか。ランゴバルドは、平和だな」

思わず、ハゾスは深い溜息をついた。おのれがいまたずさわっていて、この会食のすぐあとにおもむかなくてはならぬくだんの地下牢のことを考えると、おのれの恵まれた家庭的な幸福に、どうしておのれの敬愛する友であり、主である英傑がこれほどに恵まれることがないばかりか、かえって、たいていの男でもへこたれてしまいそうなむざんな悲劇をばかり味あわされなくてはならないのか、という思いで一杯だったのである。

(ネリアがもしも万一にも、あの淫乱皇女のような真似をしでかすほど気が狂ってしまったなら——俺は、この手にかけて殺してやるのが一番の情けだ、と思うだろうな……)

だが、そのような疑いなど、かけらほどもいだいたこともない。ランゴバルド侯としての任務よりも、ケイロニア宰相としての任務が忙しいハゾスは、通常ならば選帝侯は一年交替でサイロンに詰めているが、めったなことでは懐かしいふるさとのランゴバルドに戻ることもかなわず、ほぼ一年中サイロンに駐屯し、もはや黒曜宮の宰相公邸がおのれのついのすみかとなっている、といってもいいほどである。

それだけあけていても、たまにサイロンにのぼってきてまめまめしく身のまわりの世話をしたり、さまざまな報告をしたりしてまたランゴバルドに帰ってゆくネリア夫人はひとことの不平をいうわけでもなく、いつも朗らかで、精神的に安定していて、おだやかであった。母親がそのようであるので、息子たち、娘たちも非常に落ち着いた、大人びて思いやりのある人柄に育っている。それについては確かに、あまり面白みはなかろうと、いささか、たとえばアンテーヌ侯のような英明な大貴族に比べれば知恵のめぐりはおそい部分があろうが、アトキア侯もまた、ごくおだやかで落ち着いた、地に足のついた平和を愛する人柄であることが、その娘の人柄と、そしてその子供たちの幸せのために深く影響を与えているのは疑う余地もない。

それにアトキア侯はまたとないほど孫たちを可愛がっており、もともときわめて愛情深いたちであるので、アトキアの領地にもさしたる問題もないのをよいことに、ひっきりなしに馬でゆけば三日ほどのランゴバルドに訪れては、ランゴバルド城に一ヶ月も二ヶ月も滞在してゆく。孫たちも「じじさま」と呼んでとてもアトキア侯ギランを慕っている。父親よりも、祖父と一緒にいる時間のほうがまだ長いゆえか、いささかどの子もじじむさいというか、はつらつたる若さには欠ける部分があるように、ハゾスは感じられるときもあったが、長男のリヌスに関するかぎりはそれもさしたる問題になるほどのこともない。

(結局は……親の育て方、ということか。——などといっては、アキレウス陛下に問題があるという重大な告発になってしまうが、そうではない——やはり、この場合の悪しき影響を与えたのはマライア皇后だろう。それに、両親の片方が、片方を殺そうとするなどという——こんな異常な事件を見聞きして育ってきたのだから、その意味では同情の余地がないわけではないが——しかし……だからといって、どの不幸な育ちをした人間でもそうなるわけではないのだからな——ロベルトなど、あの通り、早くから両親にも、兄にも妹にも死に別れ、当人は目が不自由で、苦労の限りを尽くしているが、あんなに穏やかで聡明で、そして愛情深い人柄ではないか。——だから、やはり、それは生まれ育ちの問題ではない……そのあと、どのようになってゆくかを決めているのは当人なのだ。当人の意志なのだ……)

祖父と父と子と三代の会食を無事なごやかにすませ、今日はアトキア侯の公邸に泊まるというリヌス子爵とアトキア侯を送り出してから、いよいよ汚い仕事に戻るのだ、と思うと、ますますハゾスの胸は重たくふたがれる思いであった。

だが、それほどのどかにおのれの不運なめぐりあわせを嘆いているいとまさえも、ハゾスには許されなかった。

「失礼いたします。あの、宮廷医師長のカストール博士が、緊急でハゾス閣下にお目にかかりたいと」

「カストール博士が。すぐお通ししろ」

さっと緊張して、ハゾスは答えた。あれこれ考えた結果、結局、ハゾスは宮廷医師団の若手ではなく、もっともおのれが信頼あつい、老いたる名医で、宮廷医師団の長である、カストール博士にことのしだいを打ち明けて、シルヴィアの身柄をゆだねることにしたのであった。カストールは過ぎし日のマライア皇后とダリウス大公の謀反の一件のおりにも、ハゾスの一命を救ってくれたことのある名医でもあったし、また、何をいうにも年齢が年齢であるので、酸いも甘いもかみわけた、というところはあったからである。

「ハゾス閣下」

カストールもこの年月で相当老いていたが、それでもまだ腰もまがっておらず、矍鑠としていた。髪の毛にはだいぶん白いものが増えている。

「どうされました。くだんの囚人に、何か」

「錯乱しておられます」

カストールは手短かに云った。

「どうしても、お手当を受けることを承知されませぬ。それのみか、私に毒を飲ませて暗殺しようというのだ、とおおせになって、どうしても薬さえも受け付けてくださいませぬ」

「………」

一瞬、ハゾスは、「薬を飲まぬというのなら、そのままにしておいて、衰弱して死なせてしまえ！　そのほうがこちらはよほど助かるんだ！」と怒鳴りたくなるのを、カストールの手前、懸命にこらえた。

それから、むっつりと云った。

「行こう。私もこれからそちらにゆくところだった。カストールどの、つきあっていただこう。もう一度私から、皇女殿下にお話申し上げてみる」

4

「シルヴィアさま。強情を張るのもいい加減になされませ。あなたはまだ、おのれのしでかしたことの意味をわかっておいでにならないのでございますか！」

室内に入ってくると同時にハゾスは癇癪を爆発させたが、カストールの手前もあったし、マックス秘書長もそこで待っていたので、本当に思ったとおりを口に出したわけではなかった。だが、シルヴィアのほうは、何も薬も受け付けなかったにせよ、体を清潔にしてもらって新しい布団の寝床に寝ただけでも少し人心地がついたようだった――それに、最初に運び込まれてきたときに少しだけスープを口にしてはいたのだ。

そのせいで多少なりとも生きた心地が戻ってはいたのだろう。その分、反抗的に目をぎらつかせながら、シルヴィアは寝床に横たわったまま、相変わらず幽鬼さながらの顔でハゾスをにらみかえした。

「あなたになんか関係ないわ」

シルヴィアは云った。今度は、「イヤ」以外のことばではあったが、およそハゾスの心をやわらげるには程遠い言葉であったことは間違いなかった。

「何、で、ございますと？」

髪の毛を逆立てるほどの怒りにとらわれながらハゾスは言い返した。シルヴィアはその惨めな状況で出来うるかぎり傲然とそっぽをむいた。

「あなたになんか何の関係もありはしないわ、といったんだわ、ハゾス侯。あなただってあたしのお父様の家臣のひとりだというだけのことだわ。たとえいまは宰相だろうと、ランゴバルド侯だろうと。――それに、お父様の家臣だろうと、お父様その人だろうと関係なんかないわ。あたしの人生はあたしだけのものなんだから。誰もあたしのことなんか気にかけていない。だからあたしだって、誰のことも気にかけずにふるまったまでだわ。それがどうしていけないのよ？」

「な――な――な――」

怒りのあまり、ハゾスは息が詰まった。日頃温厚で、めったなことでは怒りに血相をかえる、などということとは縁のないハゾスであったが、ことシルヴィアに関する限りは、どうもそのかぎりではないようであった。

「あなたが気にしているのだって、あたしのことじゃありはしない。あなただって、お父様だって、結局は、ケイロニア、ケイロニア、大ケイロニアの体面、ケイロニア王の面子、面目――そんな世間体のことばかり気にしているだけなのよ。何よ、あたしなんか、本当は早く死んでしまえばいいと思ってるくせに。あなたの気持なんか、まるわかりなんだわ、あたしには。どうお？　あたしさえ、死んでしまえば何もかもうまくおさまるのに、そうしてグインはオクタヴィアと結婚して、めでたしめでたしになるのに、そう思ってるでしょう？　ほうら図星だわ、その顔！」

ヒステリックに、唇まで青ざめながら、シルヴィアは叫んだ。もっとも体力は尽き果てていたから、その声は弱々しかったが、ことばのほうは申し分なく毒々しかった。

「いいわよ。あたしはもうちょっとこの世に未練なんかないわ。何ひとつこの世に生きていて、生まれてきて、いいことなんかなかったわ。さっさと殺せば？　この塔のなかならもってこいでしょう。誰にも知られずにあたしを殺すのにもってこいの場所に、わざわざ連れてきたのは、そういうことなんでしょう！　殺せば。早く殺せば。さあ、殺せ。殺したらいい。化けて出てやる——そして呪ってやるわ。あたしみたいな不幸な女を生み出したケイロニアも、ケイロニア皇帝家も、あんたも、誰もかれも、百回も呪ってやる！」

「何を——なんというさかうらみを……さかうらみもはなはだしい……」

ハゾスはあまりのことにしどろもどろになった。だがシルヴィアはなおも怒鳴り立てた。

「さあ、早く殺せ。あたしにはもう何の希望もないんだ。でも、殺す前に、一回グインに会わせてほしいもんだわ。そうしたら、あたし、あの豹男にもいってやる。いってやるわ――あんた、よくもあたしを斬り殺したわね。あのときあたしは死んだのよ。本当のあたしは、ケイロニア王妃シルヴィアはあのときにもう、ケイロニア王グインの手にかかって死んだのよ。だから、いまここにいるあたしは幽霊なんだから、何回殺してもムダなことよ――殺しても殺しても、あたしはまた幽霊になって化けて出てくるわよ！　あたしから逃げられるもんですか。あたしをあんなにむざんに斬り殺しておいて、よくも平然と帰ってきて、あたしに会おうなんていえたものね！　そういってやるから、いますぐあたしをグインのところに連れてけ！　そうして、あたしをもういっぺん斬り殺させたらいい。あいつがあたしに手をかけるほどの勇気があるなら、あたしだって喜んで殺されてやるわ！　そうしてまた化けて出てやる。そうよ、何回だって化けて出てやる。出ずにおくもんか！」

「一体何をいってるのだ。この――」

「この頭のおかしな女は」と言いかけたのを、かろうじてハゾスはこらえて、カストールをふりむいた。カストールは困惑したていで首を左右に振っただけだったので、しかたなくハゾスはまたシルヴィアをふりむいた。

「いったいそれは何のことです。グイン陛下はずっと遠征に出むいておいでで、それはそれは苦労をなされていた。その、いったい、あなたを斬り殺したとかいうのは、それは何の話です。あなたの見た下らぬ夢とかの話ですか！　クララがそういっていたが――
――」

「下らぬ夢ですって？」

シルヴィアは激昂して叫んだ。そして、無理矢理起きあがろうとしたので、あわてて左右から、この不愉快な場に詰めていたマックス秘書官と、もうひとりの騎士が、シルヴィアをあまりお手柔らかにでもなく押さえつけた。

「下らぬ夢！　あれは夢なんかじゃない、本当にあったことだったわ！　グインは何かの魔道を使ってあたしに本当に会いにきたんだわ。あたしとグインは夢のなかだけれど本当に会ったんだわ、そのくらいわからないと思って？　あたしだってかりそめにもグインの奥さんなのよ。それが、ただの夢なのか、それともそうでないのか、わからないと思うの？　ただの夢でこんなにあたしが絶望したり錯乱したりすると思うの？　あれはなんかの魔道だったわ。そのことはあたしにははっきりわかった。あの豹男はパロのどこかにいたわ。もしかしたら、まだパロじゃなかったのかも――あれはどこかの野営の天幕だったのかもしれない。とても暗くて、よくわからなかった。でもあの人は、それで、あたしを魔物だといって――そうして、消えろ、魔物！　と叫んであたしにむかって剣を振り下ろしたんだわ。もしもちょっとでもあたしを愛していたとしたら――たとえ本当に魔物であったにしたって、かりそめにも妻の――げんざいの妻のすがたかた

ちをした相手に、剣を振り下ろすことが出来て？　こともあろうによ！　剣をふりおろして、あいつはあたしを切った。それと同時に魔道は消えてしまったけれど、あたしにははっきりと、切られた感触がいつまでもいつまでも残っていた。ああ、あたしは死んだんだなと思ったわ！」

「いったい、それは何の話です。それはただの夢でしょうが。そんな夢を勝手に見て、それであなたはグイン陛下を裏切ったとそういわれるのか。それはあまりにもぬすっとたけだけしい——」

「夢じゃなかったっていってるのに！　でもどうせあんたになんかわかるわけがないんだ、このわからず屋のおったんちん！　＊＊＊＊野郎の＊＊＊ち＊＊＊！」

いきなり、シルヴィアの口から、もっとも下等なタリッドの娼婦でさえ口にするのをはばかるほど下卑た罵声が飛び出したので、気の毒なハゾスは腰を抜かしてしまった。そして、いきなり、気分が悪くなって、ハンカチを口におしあてるなり、一瞬室の外に飛び出して気を静めなくてはならなかった。

それから、なんとか、気を取り直して戻ってきたが、もう、二度とこの皇女という名の狂女をまともに相手にするものか、とかたく思い決めていたので、ひきつったような顔になっていた。

「もうよい」

ハゾスは荒々しくマックスに云った。

「皇女《殿下》からの供述をとるのは、この程度にしておくがいい。供述書がこんな、最下級の娼婦でさえ口にすまじき下卑た言葉で埋め尽くされていては、そのようなもの、どこにであれ提出出来たものではなかろうからな。それよりも、当面は我々はこの狂女のことは、お手数ながらカストール博士におまかせして、くだんのパリスという男の審問にうつるとしよう」

この、ハゾスのことばをきくや——

シルヴィアはふいに弱々しく身じろぎをした。そして、激しく目をまばたいた。何かが、なかば狂ったシルヴィアの心のなかにはじめて本当にふれてきた、とでもいうようすに見えた。

「何ですって」

弱々しくシルヴィアは叫んだ。

「パリスを捕まえたの？　なんでパリスをとらえるの。あの男が何をしたというの。あの男は何も知らないのよ」

「これはこれは、皇女殿下には、いやしい馬丁の下男を庇ってさしあげるおつもりと見える」

いやみたっぷりにハゾスは云った。そうでもしていなくては、なんとなく、シルヴィアが放つ精神の腐臭のようなものに、すっかりおのれの脳髄までも冒されてしまいそうで、やりきれなかったのだ。

「それほどに情が移っておいでというからは、あの男もさぞかしいろいろと内輪のことは知っているのだろう。おおいに喋ってもらわねばならぬ。夜は短い、そして明日はもう、こんなことに長々とかかずらっているひまはなくなる。マックス、ついてこい。あのパリスを審問しにゆくぞ」

「はい。ハゾス閣下」

「待って」

シルヴィアは叫んで、またもがきながら寝台の上に身をおこそうとした。が、衰弱しきっていたので、自分ひとりでは、おのれのからだを起こすことも出来なかった。

「待って。パリスは何も知らないの。パリスは関係ないのよ――パリスを責めないで。パリスを拷問にかけたりしないで」

「皇女殿下は、パリスとも関係をお持ちだったのか」

手厳しくハゾスは決めつけた。

「ならば、ますます、どのように責め問うても、パリスにはありていにあらいざらい白状させねばなりますまいぞ。パリスがそのけがれたお腹の子の父親であるとすれば、その責めをおうて処刑はまぬかれますまいし。さよう、ケイロニア王の王妃と私通したとあるからは——さかさはりつけか、火あぶりか——それとも車裂きか——いずれにせよ、もっとも残酷な刑罰によって処刑されぬわけには参りますまい」

「そんな——そんな酷いこと！」

シルヴィアは泣きわめいた。

「どうして、どうしてそんな！　どうしてあたしのいうことをこれっぽっちも信じてくれないの！　どうしてパリスがお腹の子の父親だなんていうの！　違うわ。パリスは関係ないわ。パリスは関係ないのよ。だからお願い、パリスを巻き添えにしないで！」

「巻き添えにされたのはあなたでしょう、皇女殿下」

ハゾスはまた手厳しく云った。ハゾスは、どうしてももう、彼女のことを「王妃陛下」という、正しい肩書きでは、呼ぶことに耐えられなかったのだ。本当は、皇女殿下、と呼ぶのもいやだったのだが、まだしもそのほうが我慢できた。

「パリスとも関係を持たれたであろう。いくら殿下が隠し立てなさっても、パリスが白状しますぞ。いや、それはいかにあの男が強情でも、白状させずにはおかぬ。人間というものは、いかに意志の強い人間でも、肉体というものがある以上、頑張り通すことの出来ぬ限界というものがございましてな。それについては、不愉快な話ですがわたくしよりもこの地下牢の牢番などのほうがずっとよく存じている。そのことに拷問の手だれだという牢番の手にゆだねて、様子を見ることにいたしましょう。まずは、お手柔らかに鞭打ちからはじまり――ちゃんとこの部屋まで、あの男の呻き声も悲鳴も届くと思いますぞ。それほどはなれてはおりませんからな――少しづつ、あの男は破壊されてゆくでしょう。その途中で必ず、どのような強靭な魂でも肉体に屈するものです。そのときには、何もかも明らかになりますぞ。そのときになってもまだ、そのようにして庇い通されるか――おのれには、ケイロニア皇女ゆえ、拷問は及ぶまいと安心しておられるのか」

「そうじゃない、そうじゃないのよ！」

シルヴィアはわっと泣き出した。それはいささかなりとも彼女の心がくじけたあかしだったが、少なくともハゾスは彼女の涙になど、何の影響も受けはしなかったのも確実であった。

「お願い。本当にもう、やめて。なんでも云うからやめて。パリスは――確かにパリスとも寝たわ。パリスがもとから――どうしてなのか、どうしてもあたしにはわからなかったけれど、どうしてかあたしを好いてくれていることはわかっていたの。いい気持ちだったわ――ほかにはあたしのことを少しでも好いてくれるひとなど、この世にいないんですもの。だから、昔は、パリスのその気持にいい気になってもてあそんだりもしたわ。それにパリスから、どうかあんまり無茶はしないで下さい、って哀願されて――そのくらいなら、自分がお相手をいたしますから、って頼まれたから――何回かはパリスとも寝たわ……」

「……」

ハゾスは、耳をふさぎたいような顔で、眉を極限までしかめた。

「でも、パリスと寝るのは、なんだか怖かったの。——パリスが本気なんですもの。本当にあたしのことを好いてくれてるみたいな気がして、怖かったの……だから、パリスと寝るのは、あんまりよくなかったわ。あたしは——あたしは、誰にも好かれたことなんかほとんどないんだもの。そんなあたしをどうしてずっと大事にしてくれるなんていうのか、恐ろしくて——なんだか、怖かったから、パリスとはそんなに寝ていないのよ、本当よ……それにあたしがこうなってからは、お腹に子供が出来てしまってからは、パリスはひどく気の毒がったり泣いたりしてくれて……ずっとお腹をさすってくれたり優しくしてくれたけれど、あたしが抱いてよといっても、とんでもない、シルヴィアさまのおからだにさわりますからって——抱いてくれなかったの。でも、はらみ女を抱くのを面白がる変態野郎もちゃんと町にはいたから、あたしは相手に困ることはなかったんだわ……」

「うーっ……」

ハゾスは思わず拳を握り締めてこらえた。マックスもおそろしく苦い顔をしていた。カストールはうつむいたまま、誰の顔も見ないようにしていた。

「だけど、だから、お願いよ。そんなぬれぎぬをパリスにきせないで。パリスじゃないの。お腹の子の父親は、パリスじゃないの、それだけは確かなの、だからどうか、パリスを拷問にかけないで。処刑したりしないで。それじゃああんまりパリスが可哀想すぎるわ。あの人はほんとにあたしによくしてくれようとした、たったひとりの人だったんだから……」

「お腹の子の父親はパリスではないといわれる」

ハゾスは、口をきくのもいやなような気分をしいておさえつけて云った。

「ならばもうありていに白状しなさい。誰です。誰がその子の父親なのです」

「わからないの」

シルヴィアはわっと泣き崩れた。

「わからないの。いったいいつ——どの男としたとき、どのときだったかなんて、とうていわからないの……だって——だってあたし、いちどに何人もの男とあそんだわ。一番ひどいときは……いちどに五人もの男と寝たわ——その飲み屋にいた男全員と、その飲み屋で……したの。死にそうになったわ……そのあたしを、パリスがかかえて戻ってくれたの。あのときかもしれないし——だったらあの五人の誰がなんてわかりっこない——でもそのあとにもまた、少しして、あたし——違う男をひろって連れてきたの。どうしてそんなことをしたのか、いまとなってはわからない——あたしにもわからないの。

お腹が膨らんで——だんだん恐しくなってきて、具合が悪くなってからは——もうしてないわ。でももう——でももう遅かったの。でも、あのときには、からだがおかしくなりそうで——どうしても、めちゃめちゃにしてほしかったの。どうしても、からだじゅうが壊れるくらい、抱いてほしかったの——男なしでは眠ることも、食べることも、なんにもできない、っていう気がしていたの……きっと、あたしは病気なの。からだじゃなくて——きっと頭が病気なんだわ。それで……それでどうしても、男なしではいられなくなってしまったんだわ。ユリウスがしたのよ——ユリウスがあんまりいろんなことしたから——それがあんまりよかったから……変な薬も使ったし、それに……あの人があんまりすごかったからあたしは……」

「もう、いい」

ハゾスはついにたまりかねたように獰猛に云って立ち上がった。

「マックス、行くぞ。この女のいうことを書き取りたければ、書き取っておけばいい。だが俺は読みたくも聞きたくもない。このような話をグイン陛下に御報告など出来るか。報告書など作れると思うのか、こんな供述のとおりに。汚らわしい——パリスの訊問にゆくぞ。ついてこい」

「は」

「待って——お願いだから、きいて……」

言いかけた途端――

ふいに、シルヴィアのようすがかわった。

全身をけいれんさせ、四肢を突っ張って、その口からすさまじい、これまでとはまったく違うけだものじみた悲鳴が洩れはじめた。その土気色の顔がみるみる血の気を失ってゆく。

「ちょっとどいて!」

カストール博士が叫ぶなり、あわててシルヴィアのかたわらにかけよってのぞきこみ、脈をとり、ようすをみた。

「大変だ。破水している」

「何ですと?」

「早産です。精神的に動揺したあまり、お産が早まってしまったのでしょう。でもまだからだのほうは準備が出来ていない。すぐに、対処しないと母子ともどもいのちがあぶない。そこの騎士、すまぬがおもてに待っている私の助手と、それが大きな革の箱を持っているから、それを持って一緒にここにくるよう、案内してくれ。それから、ハゾス閣下はここにいらっしゃらないほうがいい。これ以上、患者を興奮させると、危険です」

「早産だと。生まれるというのか」

ハゾスは思わず叫んだ。

「さ、早く室から出ていただきたい。それから、湯をわかして大量のボロ布といっしょに持ってくるよう、この塔のものに伝えて下さいませんか。キハダの木の皮のせんじたものがあればいいのだが――場合によっては、これはもしかすると……」

「行こう、マックス」

かぎりなく苦々しく、ハゾスは云って、そのまま室を出てゆこうとした。

そのうしろで、シルヴィアの声は、もう意味をなさない、ヒイー、ヒイー、という、殺されかけている獣のような、むざんな悲鳴にかわっていた。そのあいまに、ひゅう、ひゅうという、笛のような呼吸音が混ざる。

「パリスのところに行かれますか」

外に出て、重たい二重扉をしめきると、その恐しい、断末魔のような悲鳴は聞こえなくなった。マックスは思わずほっと息をついて、あるじにただした。

ハゾスは呻くように吐息を吐き出し、首のうしろをもんだ。

「いますぐは、さしもの俺もちょっと降参だ。――ちょっとでいいから、いい空気でも吸いたい――それに、熱い茶でも欲しいな。マックス――なんだか、胸の底の底まで、腐りきった空気を吸いこまされてしまったみたいで、もうちょっと精神力が弱かったら吐いてしまいそうだ」

「お気持はわかります」

マックスは思わず同情の意を表した。

「私とても、思わずそのう——ウワッ」

いきなり、その、分厚い二重扉を貫いてさえすさまじい、シルヴィアの苦悶の悲鳴が聞こえてきたのだ。

ハゾスは荒々しく歩き出した。これ以上、心をかき乱されることを、温厚かつ剛直なケイロニア人たるランゴバルド侯ハゾスは好ましく思わなかったのだ。

「ちょっと、公邸までは戻っているひまがないから——その上までいってせめて一服することにしよう。この塔を出て一番近くにあるのは何だったかな——その棟のものに頼んで茶を出して貰えれば——とにかく、茶を一杯……」

云いながらも、ハゾスは力つきた気分で、外に出ると、そこの裏庭にあった石のベンチにくずれるように腰をおろした。

「わたくしが、お茶を貰って参りましょうか。確か、そちらは使用人たちの宿舎になっていたと思いますので」

「少し離れているぞ。大丈夫か」

「わたくしは大丈夫ですが、閣下がおひとりでは。警護のものを呼びましょうか」

「女子供じゃないんだ」

ハゾスは荒々しく言い捨てた。

「私だってランゴバルド侯だぞ。大丈夫だ。それより少し冷たい空気にあたって正気を取り戻したい」

「ではお茶をとりあえず、なんとかして手に入れてまいりますので」

マックスもかなりシルヴィアの毒気に当てられた気分であったには違いない。ましてや、マックスのほうは、ハゾスよりもずっとこの皇女についての予備知識などは持ち合わせていなかった。マックスがほうほうのてい、といったありさまでかけだしてゆくのを見ながら、ハゾスはまた、深い、しぼり出すような溜息をもらした。

(なんてことだ……)

(いっそ、難産で、母子ともに……そうだ、母子ともにうまいこと……そうなってくれれば——いや、だめだ。まだ、そうなったら——グイン陛下が宙に浮いてしまう。いや、だが——いまだったら、誰がいったい——反対するものなど決しているわけがない、いっそいまのうちに早くグイン陛下をアキレウス陛下の正式の——)

「ハゾスさま!」

いきなり、扉が開いて、あらわれたのは、カストールの心労にすでにやつれた顔だった。カストールは声をひそめて叫んだ。

「生まれましたぞ! ご誕生になりましたぞ! 母子ともにあやういところでございま

したがなんとか無事です。八ヶ月の早産でたいそう小そうございますが、五体満足にお生まれでございますぞ!」

あとがき

栗本薫です。お待たせいたしました。「グイン・サーガ」第百二十一巻「サイロンの光と影」をお届けいたします。

百十九巻以来、どうもあとがきが「病気の近況報告欄」と化していて、いささか気が咎めるのですが、まあ、気になさって下さる皆様もおいでかと思い、あえてまたべつだん伏せておくようなことでもないし、これまでずっとあとがきにはおのれの身辺に起きてきたこと、新しい舞台であるとか、また困ったこと、辛いこと、嬉しいこと、なんでもアルバムみたいに書き留めてきまして、それをまた、「思い出のよすが」にして下さる読者のかたもおいでであると信じてきましたので、これからもそのようなスタンスでゆきたいなと思っています。これから先経過によっては、なかなか言いづらいようなことをあとがきに書かなくてはならなくなるような展開もあるかもしれませんが、まあそれはそのときのことということで、ともかくこれまでのおのれのスタンスは枉げることなく、自分の書きたいように信じるままに、あとがきで皆様とコミュニケーションしてゆきたいと思っています。

などとなんだかのっけから大仰めいた書き出しになってしまいましたが、どうも二〇〇七年十一月以来、ほぼもはや半年にわたって入退院を繰り返し、その間に「すい頭十二指腸切除手術」というものも受けまして、抗ガン剤の治療などというものも続けてきて、すっかり「病人生活」になってしまいました。その間にも書くだけはせっせと書いていたわけですけれど、さすがに多少、生産枚数が減ったか、というと、これが案外そうでもなかったりするのですが（苦笑）でもやっぱりなかなか千枚はこえなくなりましたね。自宅に戻った三月はこえましたけどね。でもまあ、四月は千枚はこえなかったとはいえ九百四十枚くらいは書いたので、多少はよしとしましょうか。

などというのもばかげた話ですが、こうなるともう、そうやって「いつまで書き続ける気力と体力を維持出来るかどうか」ということが逆に生命線になってくる気がします。実は私、おととい退院してきたところなんですけれども、それでとにかく入院荷物をがむしゃらにその場で片付けてしまおうとしすぎたのか、いきなり環境がかわって普通一般の家の生活になったせいか、その晩はなにごともなく寝て、翌朝目をさましたら、〇六年の十二月の暮れに救急車で入院したのと同じ、めまいの発作、あのときよりはかなり軽いけれど、一瞬「あっまた救急車か」と思うようなやつを起こしてしまいました。

今回変えた抗ガン剤には、副作用に「めまい、立ちくらみ」というのがありますので、もしかすると、もともとのめまいの持病持ちがそれでいっそう強化されてしまったのかもしれませんが、ともあれそういうわけで、さすがにこのところは枚数も減少ぎみで、そうなるとなんかこう、「生きた心地」というのがしなくなりますね。やっぱり自分は書いていてこそ生きている、という気分がするものなんだなあと思います。このあとどのくらい、気力のほうが上回ってゆけるかが勝負になるときがくるかもしれませんが、ともかく、いまは万全をつくして治療していただいていますから、何も余分なことは考えずに、とにかくただ、ひたすら書いて、ストレスをためぬようにして免疫力をあげることを考えていたいと思います。

じっさいでも、免疫力というのは、ストレスと相当大きな関係があるみたいですねえ。「笑顔を作る」だけでも免疫力が向上する、というような記事もこのあいだ散見しましたし、もともとがストレスフルな性格だったりするので、そもそもガンが二回も出来るということについても、そのストレスフルな性分が大きく影響しておりましょうし。

そう思うと、これからはいかにストレスをためずに生活してゆくかが一番大事かな、という気もしますし、またいまの世の中というのはことのほかストレスフルですしねえ。ただ新聞読むだけでも、MIXIのニュースを見るだけでさえ、どっとストレスがたまる、っていうのは、自分の性分もあるのかもしれないけれど、「ただごとではない」「日本はどうなってしまうのだろうか」というような危惧を覚えずにはいられません。

でもうこれからはあんまりそれこそ「日本の行く末」なんてことは気にせずに、「自分の行く末」だけを考えてストレスをなるべく追い払って、楽しく生きてゆきたいなと思っています。というか、まあいろんなことをしてきたけれど、ことここに及ぶと、結局はもっとシビアに優先順位をつけて、出来ることと出来ないこと、やりたいこととやりたくないことを峻別してゆかなくてはならない、そういう時期にきたんだろうな、と思っています。

もともとは一番好きでたまらぬこと、それから一日でもはなれているとそれこそストレスがたまるような、それほど好きで、というより本能にしみこんだことをなりわいにすることが出来て、三十年にわたって書き続けてくることが出来て、ものすごく幸せな人間であるはずだったんだけど、なんで、いつのまにそんなにストレスフルになってしまったんだろう。どうしてそんなにストレスがたまるようなことが沢山あって、またそんなにストレスに弱い性分になっていってしまったんだろう、などといろいろ考えたりするわけです、入院生活のつれづれに。そうしてまた、自分からストレスにむかって突っ込んでいったこともままあったなあ、などと考えたりして、そうすると、やはりこのさきは自分自身というものも、おおいに変革してゆかなくてはいけないだろうと思うし。

まずはとにかく、身の回りに少し風通しをよくして、「いらないもの」でみちあふれているあちこちをすっきりとさせたいですね。欲望ばかりをそそるためにありとあらゆる戦略を使って金を遣わせようとしているかのようなこの消費社会の渦巻きのなかで、いかにすっきりと、ムダなもので身辺を埋めてしまわないように生きられるか。木だってまわりにあまりにも雑草が生い茂ってしまえばなかなか伸びられません。少し自分の身辺の「草とり」をしなくてはいけないだろうな、というのが、いまの自分の一番の望みです。着るものも読むものも、なんだかよくわからないがらくたも、いただきものも、捨てるに捨てられなかったり「もったいない」とか、「いずれ使うかもしれない」「まだ使えるのに」みたいなことでうんとたまってしまっていた、自分の生活。このあとは、もう本当に容赦なく、やりたいことだけをやり、いらないものは人間関係でもものでも洋服でも、容赦なく捨ててしまって、身のまわりをさわやかにしたい、と切実に思っています。この病気はそういう意味ではいろいろなことを私に考えさせてくれたようです。が、また、この病気がなかったとしても、そろそろ、いずれにせよ、「老後」「晩年」について、あれこれと真剣に考えるべきときにさしかかってきていたのかもしれません。

いま一番考えているのは「ただ長生きするというのはそんなにいいことなのかどうか」ということと、そして「現代のこの消費の渦巻きのなかで、それに押し流されずに生きてゆく恬淡たる心はどうやって持ったらいいのか」ということです。無欲、というのは本当に難しいことですねえ。二年前だったか、ウルムチ・トルファンへの旅をしたとき、トルファンで村人の家を見学させてもらって、そこにあまりにすっきりとものがないのに驚愕しましたが、ああいうふうに生きることだって我々にも出来たはずなのにな、と思ったりします。でもいまや日本では、それこそが一番難しいことなんでしょうね。

また、おって近況はあとがきなどで報告いたしますが、とりあえずはまあおだやかに治療を受けつつ自宅療養の日々に戻っています。気候もよくなってきましたし、まあ、こういう感じでしょうね。

二〇〇八年五月四日（日）

神楽坂倶楽部URL
http://homepage2.nifty.com/kaguraclub/

天狼星通信オンラインURL
http://homepage3.nifty.com/tenro

「天狼叢書」「浪漫之友」などの同人誌通販のお知らせを含む天狼プロダクションの最新情報は「天狼星通信オンライン」でご案内しています。

情報を郵送でご希望のかたは、返送先を記入し80円切手を貼った返信用封筒を同封してお問い合せください。

（受付締切などはございません）

〒108-0014　東京都港区芝4-4-10　ハタノビルB1F
㈱天狼プロダクション「情報案内」係

日本ＳＦ大賞受賞作

上弦の月を喰べる獅子 上下
夢枕　獏
ベストセラー作家が仏教の宇宙観をもとに進化と宇宙の謎を解き明かした空前絶後の物語。

戦争を演じた神々たち［全］
大原まり子
日本ＳＦ大賞受賞作とその続篇を再編成して贈る、今世紀、最も美しい創造と破壊の神話

傀《く》儡《ぐつ》后《こう》
牧野　修
ドラッグや奇病がもたらす意識と世界の変容を醜悪かつ美麗に描いたゴシックＳＦ大作。

マルドゥック・スクランブル（全3巻）
冲方　丁
自らの存在証明を賭けて、少女バロットとネズミ型万能兵器ウフコックの闘いが始まる！

象《かたど》られた力
飛　浩隆
Ｔ・チャンの論理とＧ・イーガンの衝撃――表題作ほか完全改稿の初期作を収めた傑作集

ハヤカワ文庫

珠玉の短篇集

五人姉妹
菅　浩江

クローン姉妹の複雑な心模様を描いた表題作ほか〝やさしさ〟と〝せつなさ〟の9篇収録

レフト・アローン
藤崎慎吾

五感を制御された火星の兵士の運命を描く表題作他、科学の言葉がつむぐ宇宙の神話5篇

西城秀樹のおかげです
森奈津子

人類に福音を授ける愛と笑いとエロスの8篇　日本SF大賞候補の代表作、待望の文庫化！

夢の樹が接げたなら
森岡浩之

《星界》シリーズで、SF新時代を切り拓く森岡浩之のエッセンスが凝集した8篇を収録

シュレディンガーのチョコパフェ
山本　弘

時空の混淆とアキバ系恋愛の行方を描く表題作、SFマガジン読者賞受賞作など7篇収録

ハヤカワ文庫

ダーティペア・シリーズ／高千穂遙

ダーティペアの大冒険

銀河系最強の美少女二人が巻き起こす大活躍大騒動を描いたビジュアル系スペースオペラ

ダーティペアの大逆転

鉱業惑星での事件調査のために派遣されたダーティペアがたどりついた意外な真相とは？

ダーティペアの大乱戦

惑星ドルロイで起こった高級セクソロイド殺しの犯人に迫るダーティペアが見たものは？

ダーティペアの大脱走

銀河随一のお嬢様学校で奇病発生！　ユリとケイは原因究明のために学園に潜入する。

ダーティペアの大復活

ユリとケイが冷凍睡眠から目覚めたら大変なことが。宇宙の危機を救え、ダーティペア！

神林長平作品

太陽の汗

熱帯ペルーのジャングルの中で、現実と非現実のはざまに落ちこむ男が見たものは……。

今宵、銀河を杯にして

飲み助コンビが展開する抱腹絶倒の戦闘回避作戦を描く、ユニークきわまりない戦争ＳＦ

機械たちの時間

本当のおれは未来の火星で無機生命体と戦う兵士のはずだったが……異色ハードボイルド

我語りて世界あり

すべてが無個性化された世界で、正体不明の「わたし」は三人の少年少女に接触する――

過負荷《カフカ》都市

過負荷状態に陥った都市中枢体が少年に与えた指令は、現実を〝創壊〟することだった⁉

ハヤカワ文庫

神林長平作品

猶予の月 上下

姉弟は、事象制御装置で自分たちの恋を正当化できる世界のシミュレーションを開始した

Uの世界

「真身を取りもどせ」――そう祖父から告げられた優子は、夢と現実の連鎖のなかへ……

死して咲く花、実のある夢

本隊とはぐれた三人の情報軍兵士が猫を求めて彷徨うのは、生者の世界か死者の世界か？

魂の駆動体

老人が余生を賭けたクルマの設計図が遠未来の人類遺跡から発掘された――著者の新境地

鏡像の敵

SF的アイデアと深い思索が完璧に融合しあった、シャープで高水準な初期傑作短篇集。

クレギオン／野尻抱介

ヴェイスの盲点

ロイド、マージ、メイ——宇宙の運び屋ミリガン運送の活躍を描く、ハードSF活劇開幕

フェイダーリンクの鯨

太陽化計画が進行するガス惑星。ロイドらはそのリング上で定住者のコロニーに遭遇する

アンクスの海賊

無数の彗星が飛び交うアンクス星系を訪れたミリガン運送の三人に、宇宙海賊の罠が迫る

サリバン家のお引越し

メイの現場責任者としての初仕事は、とある三人家族のコロニーへの引越しだったが……

タリファの子守歌

ミリガン運送が向かった辺境の惑星タリファには、マージの追憶を揺らす人物がいた……

ハヤカワ文庫

傑作ハードＳＦ

アフナスの貴石　野尻抱介
ロイドが失踪した！　途方に暮れるマージとメイに残された手がかりは〝生きた宝石〟？

ベクフットの虜　野尻抱介
危険な業務が続くメイを両親が訪ねてくる⁉しかも次の目的地は戒厳令下の惑星だった‼

終わりなき索敵上下　谷　甲州
第一次外惑星動乱終結から十一年後の異変を描く、航空宇宙軍史を集大成する一大巨篇！

目を擦る女　小林泰三
この宇宙は数式では割り切れない。著者の暗黒面７篇を収録する、文庫オリジナル短篇集

記憶汚染　林　譲治
携帯端末とＡＩの進歩が人類社会から客観性を消し去った時……衝撃の近未来ハードＳＦ

コミック文庫

星食い
坂田靖子
夢から覚めた夢のなかは、星だらけの世界だった！　心温まるファンタジイ・コミック集

花模様の迷路
坂田靖子
美術商マクグランが扱ういわくつきの美術品をめぐる人間ドラマ。心に残る感動の作品集

パエトーン
坂田靖子
孤独な画家と無垢な少年の交流をリリカルに描いた表題作他、禁断の愛に彩られた作品集

叔父様は死の迷惑
坂田靖子
作家志望の女の子メリィアンとデビッドおじさんのコンビが活躍するドタバタミステリ集

マーガレットとご主人の底抜け珍道中〔旅情篇〕〔望郷篇〕
坂田靖子
旅行好きのマーガレット奥さんと、あわてんぼうのご主人。しみじみと心ときめく旅日記

コミック文庫

千の王国百の城
清原なつの

「真珠とり」や、短篇集初収録作品「お買い物」など、哲学的ファンタジー9篇を収録。

アレックス・タイムトラベル
清原なつの

青年アレックスの時間旅行「未来より愛をこめて」など、SFファンタジー9篇を収録。

春の微熱
清原なつの

少女の、性への憧れや不安を、ロマンチックかつ残酷に描いた表題作を含む10篇を収録。

私の保健室へおいで…
清原なつの

学園の保健室には、今日も悩める青少年が訪れるのですが……表題作を含む8篇を収録。

花岡ちゃんの夏休み
清原なつの

才女の誉れ高い女子大生、花岡数子が恋を知る夏を描いた表題作など、青春ロマン7篇。

コミック文庫

花図鑑〔全2巻〕 清原なつの
性にまつわる抑圧や禁忌に悩む女性の心をさまざまな角度から描いたオムニバス作品集。

東京物語〔全3巻〕 ふくやまけいこ
出版社新入社員・平介と、謎の青年・草二郎がくりひろげる、ハラハラほのぼの探偵物語

サイゴーさんの幸せ ふくやまけいこ
上野の山の銅像サイゴーさんが、ある日突然人間になって巻き起こすハートフルコメディ

星の島のるるちゃん〔全2巻〕 ふくやまけいこ
二〇一〇年、星の島にやってきた、江の島るるちゃんの夢と冒険を描く近未来ファンタジー

まぼろし谷のねんねこ姫〔全3巻〕 ふくやまけいこ
ネコのお姫様が巻き起こす、ほのぼの騒動！ノスタルジックでキュートなファンタジー。

コミック文庫

アンダー
森脇真末味

ある事件をきっかけに少女は世界の奇妙さに気づく。ハイスピードで展開される未来ＳＦ

天使の顔写真
森脇真末味

作品集初収録の表題作を始め、新井素子原作の「週に一度のお食事を」等、ＳＦ短篇９篇

グリフィン
森脇真末味

血と狂気と愛に、ちょっぴりユーモアをブレンドした、極上のミステリ・サスペンス６篇

ＳＦ大将
とり・みき

古今の名作ＳＦを解体し脱構築したコミック39連発。単行本版に徹底修整加筆した決定版

キネコミカ
とり・みき

古今の名作映画のパロディコミック34本を、全２色刷りでおくるペーパーシアター開幕！

コミック文庫

イティハーサ〔全7巻〕

水樹和佳子

超古代の日本を舞台に数奇な運命に導かれる少年と少女。ファンタジーコミックの最高峰

樹魔・伝説

水樹和佳子

南極で発見された巨大な植物反応の正体は？人間の絶望と希望を描いたSFコミック5篇

月虹──セレス還元──

水樹和佳子

「セレスの記憶を開放してくれ」青年の言葉の意味は？　そして少女に起こった異変は？

エリオットひとりあそび

水樹和佳子

戦争で父を失った少年エリオットの成長と青春の日々を、みずみずしいタッチで描く名作

約束の地・スノウ外伝

いしかわじゅん

シリアスな設定に先鋭的ギャグをちりばめた伝説の奇想SF漫画、豪華二本立てで登場！

著者略歴　早稲田大学文学部卒
作家　著書『さらしなにっき』
『あなたとワルツを踊りたい』
『ランドックの刻印』『旅立つマリニア』（以上早川書房刊）他多数

HM=Hayakawa Mystery
SF=Science Fiction
JA=Japanese Author
NV=Novel
NF=Nonfiction
FT=Fantasy

グイン・サーガ⑫1

サイロンの光《ひかり》と影《かげ》

〈JA927〉

二〇〇八年六月　十　日　印刷
二〇〇八年六月十五日　発行

（定価はカバーに表示してあります）

著者　栗《くり》本《もと》薫《かおる》
発行者　早川浩
印刷者　大柴正明
発行所　株式会社 早川書房

郵便番号　一〇一 - 〇〇四六
東京都千代田区神田多町二ノ二
電話　〇三 - 三二五二 - 三一一一（大代表）
振替　〇〇一六〇 - 三 - 四七七九九
http://www.hayakawa-online.co.jp

印刷・株式会社亨有堂印刷所　製本・大口製本印刷株式会社

ISBN978-4-15-030927-5 C0193